SV

Band 1182 der Bibliothek Suhrkamp

Jean Paulhan
Der beflissene Soldat

Aus dem Französischen übersetzt
und mit einem Nachwort versehen
von Friedhelm Kemp

Suhrkamp Verlag

Titel der Originalausgabe:
Le guerrier appliqué

Erste Auflage 1995

Druck: Nomos Verlagsgesellschaft, Baden-Baden
Printed in Germany

Ich wirke größer …

Ich wirke größer als mein Alter – ich heiße Jacques Maast und bin achtzehn. Als schon drei Wochen Krieg war, muß ich von jedermann und von den Mädchen des Dorfes, wo ich meine Semesterferien verbringe, die Frage hören: »Und wann gehst du denn?«
Diese Bauern kannten mich seit meinen Großeltern: sie hatten seit langem eine feste Meinung von mir, die ich respektierte. Ich fühlte auch: sie waren mir überlegen durch ihre Gewohnheiten und sogar durch ihre Scherze. Die Überzeugung, daß ich eine höhere Bildung besaß, blieb hier farblos und schwach: sie diente mir zu nichts, und nur durch meine Gutwilligkeit fuhr ich fort, mir ihre Achtung zu verdienen.
Sie wundern sich also, daß ich noch hier bin. Allerdings habe ich den Krieg seit zwei Jahren vorausgesagt, und mir weiter keine Sorgen darüber gemacht: für den Augenblick schien es mir schön genug, diesen Scharfblick gehabt zu haben, und so furchtlos zu sein. Sie hingegen waren der Meinung, daß da ein gewisses Einverständnis zwischen dem Krieg und mir bestünde, was mich zu mehr verpflichtete: das war auch meine Ansicht, da ich sie beides immer verknüpfen sah. Ein wenig scheu und widerborstig, wie ich bin, nehme ich mir die Meinungen der Leute doch mehr zu Herzen als irgendwer.

Der alte Castagne sagte: »Ich bliebe nicht zu Hause, obwohl ich fünfundsiebzig Jahre alt bin. Ich bin stark und mutig, ich arbeite alle Tage.«
Und Caussèque, der seinen Wagen vor sich herschob, erzählte frühmorgens den Frauen an den Fenstern: »Bedenkt

doch, zweiundzwanzig Völker sind auf unserer Seite. Die Chinesen sind mit uns; nur schlagen sie sich mit Stöcken, man kann sie nicht kommen lassen. Nicht zu vergessen die Kanadeken, doch die Kanadeken sind Menschenfresser.«
Das fand man zwar lächerlich, mich aber rührte es, weil da nackte Gefühle zum Vorschein kamen, die aller Überlegung entzogen blieben, und eine gewisse Abenteuerlust.
Richebois und Théaud waren zu ihrem Regiment eingerückt. Auf dieser Straße hatten wir als Kinder zusammen gespielt, mit meinem Dreirad: oder vielmehr, ich ließ sie um die Wette fahren und gab dem Ersten einen Preis.
Wie sehr erkannten sie damals meine Überlegenheit an, obwohl ich doch sehr viel jünger war. In den letzten Ferien aber waren sie mir bei den Weibern weit voraus. Wenn die Mädchen vorbeikamen mit ihren Körben oder ihre jungen Brüder auf die Kirchweih führten, riefen sie ihnen Scherzworte zu, die mir nicht einfielen; und eine wandte sich dann um, sie anzuschauen, mit einem Blick, in dem so etwas wie Anerkennung lag.
Ich wurde verlegen, wenn man von mir sagte: »Der will hier allein den Dorfgockel spielen.«

In der vierten Woche meldete ich mich freiwillig, ein wenig aus Ängstlichkeit. Ich wurde zu einem Zuavenregiment in Saint-Denis eingezogen.
Mein Stubennachbar war Glintz. Durch ihn lernte ich eines Abends im Café seinen Kameraden Sièvre kennen, und Blanchet, der sich freiwillig gemeldet hatte wie ich – wir werden uns verstehen, wir sollen ja auch zusammen aufbrechen. Er hat seine kleine Freundin eingeladen, eine Wäscherin vermutlich; sie wohnt in dieser unordentlichen grauen Stadt.

Da haben Glintz und Sièvre denn, vor ihr und uns, einen Schwur getan, sich niemals zu verlassen, und sogar einer für den andern zu sterben.
»Und wenn ich falle, schreibst du an meine Familie.«
»Die werden stolz sein, mach dir keine Sorge.«
Glintz sagte das halb im Scherz.
Die Unbefangenheit, mit der sie von derart innerlichen Dingen sprachen, brachte mich ein wenig durcheinander. Doch dann wünschte ich, mit Blanchet zusammen den Fahneneid zu leisten. Aber sie wollten uns nicht ernst nehmen: »Ehe du an die Front kommst, ist der Krieg zu Ende.«
Und ich dachte: »Wenn mir nur Zeit bleibt, mich einige Tage zu schlagen.«

Das Schafsfell

1

Wir sind eine Verstärkung von fünfzig Mann, die von Saint-Denis schweigend aufbricht. Es ist noch früh, einige Kinder laufen hinter uns her.
Desplat-der-Fuhrmann hat sich ein billiges Fähnchen in den Gewehrlauf gepflanzt. Blanchet marschiert neben mir; eine junge Frau, die bald zurückbleibt und bald vorauseilt, trägt einige Augenblicke lang das Gewehr ihres Mannes.
Von der langen Strecke, die wir zurückgelegt haben, erinnere ich mich nur der Ankunft auf einem Bauernhof: der Wagen, der hinter uns herfuhr, leert hier sein ganzes Gepäck auf den Boden, wendet und fährt davon. Wir entdekken die Ställe und Scheunen. Wie ich den Hof verlassen will, stehen da am Tor bereits mehrere Frauen, die Kuchen und Wein verkaufen; ihre Körbe haben sie links und rechts auf die Ecksteine gestellt.

Mit einer von ihnen habe ich mich unterhalten. Es ergab sich, daß ich ihrer Kusine begegnet war, die auf einem Platz in Algier, je nach den Tagen, Schmalzküchlein, Töpferwaren und Silberbestecke verkaufte: das gab genügend Unterhaltungsstoff. Als ich aber eine Stunde später zurückkam, war ihr Korb leer, oder doch beinahe. Sie lud mich ein, bei ihr zu Abend zu essen.

Ich folgte ihr lange auf den Pfaden, die sie einschlug. Oder aber wir wanderten auf den kleinen Deichen, die sich zwischen den sumpfigen Feldern hinzogen. Ihr niedriges Haus, das auf vier Beinen stand, schien aus Pappe und Sand: die abgenutzten Teppiche auf dem Fußboden lagen halb übereinander. Kochendes Wasser stand auf dem Herd.

Man gab mir Tee und Sauerkohl. Einer der Söhne kämpfte im Osten, ein anderer war Sanitäter. Eine Alte kam herein, die dann und wann wieder verschwand: dann setzte die Kuchenverkäuferin sich zu mir, und stellte Fragen. Ihre beiden brünetten Töchter kamen herein; die eine begann zu lesen, die andere ging fast sogleich wieder hinaus.

Ich empfand nicht das einfache Vergnügen, das ich erwartet hatte. Ein Empfang, dessen Liebenswürdigkeit ich erriet, blieb mir dennoch fremd und als wüßte ich nichts mit ihm anzufangen. Wenn es mir durch den Kopf ging: »Da überlasse ich mich dem Gespräch, der Zärtlichkeit ...«, so fühlte ich mich doch nicht recht wohl, und fast bereute ich, gekommen zu sein. Das unterrichtete mich über meinen neuen Zustand: ich war nicht eigentlich müde, ich wollte nicht, daß man mich umsorgte; doch war da ein Verlangen, aus mir herauszugehen und mich der Müdigkeit zu überlassen.

Auf meinem Rückweg spät in der Nacht habe ich Mühe, den Weg zu finden. Die jüngere der beiden braunhaarigen Töchter, der ich begegne, zeigt ihn mir von weitem.
Wenn ich die Erinnerungen an diesen Abend etwas näher untersuchte, so wären sie vielleicht nicht sehr deutlich. Doch scheinen sie mir voll eines inneren Überflusses, wie jene Bauten, die man im Traum sieht: man glaubt dort hundert neue Einzelheiten zu entdecken, endlos, je mehr der Blick sich in sie vertieft.

2

Wir gingen, wie es uns gerade in den Sinn kam, Blanchet und ich; manchmal waren wir dem Trupp voraus, oft auch liefen wir, um ihn wieder einzuholen, oder wir schlugen einen kürzeren Weg durch welkes Laub ein.
Als wir eine Anhöhe erreichten, lag der Wald da rot und grün, violett und als ein Gewirr von lauter köstlichen Farben. Kühle Gerüche kamen hoch aus den Bäumen herab.
Als das Kommando haltmachte, setzten wir uns ins Moos und aßen Sardinen. Einmal geschah das in der Nähe eines kürzlich erbauten Landhauses, am Ufer eines Sees, auf dem ein Kahn schwamm. Ein schlanker weißstämmiger Baum glich einer Türe, die halb offenstand.

Selbst wenn wir rasteten, empfanden wir die Unausweichlichkeit unserer Fortbewegung und ihre Richtung. So stark war das, daß es keiner besonderen Achtsamkeit bedurfte, und so konnten wir uns, hinsichtlich alles Übrigen, solchen leichtfertigen Eindrücken überlassen.

Nach dem Wald kam eine Wiese, auf der fünf magere Kühe weideten, die einen hölzernen Triangel am Hals trugen; dann ein halb bewohntes Dorf; eine Alte schob hier deutlich ihren Vorhang auseinander, und in einem großen Sessel mit einem weißen Überzug sitzend, verfolgte sie von ihrem Wohnzimmer aus aufmerksam, wie wir vorüberzogen. An dem nächsten Haus aber war der Giebel schartig, und zwei Fensterläden hingen, halb aus den Haspen gerissen, herunter.
Mehr als alles andere bestürzte mich ein Kellergeschoß, das weit in sein Trottoir hinein aufgerissen war. Durch den klaf-

fenden Spalt sah man eine polierte Anrichte, unter einem Gemengsel von Stoffen, Erdreich und Holz, und das Trügerische dieser Sicherheit.

In den ersten Stunden unseres Marsches waren wir überrascht und ermüdet, die folgenden hatten eine weniger einfache Wirkung: wie die Müdigkeit wuchs, entwickelten sich gleichzeitig all jene Kräfte in uns, die ihr entgegenarbeiteten. Das war vor allem spürbar, während wir den Wald durchquerten.

Der Krieg hatte auch in den ausgefahrenen Straßen seine Spuren hinterlassen; ein Radfahrer reinigte sein Gefährt, und ein Reiter ritt im Kreis vor dem Tor eines Schlosses.

Wir haben leere Felder durchquert, eine morastige Schlucht. Gehalten wird in einem Steinbruch. Diese Breschen rechts und links, heißt es, sind die ersten Gräben.

Wir schützen uns vor dem Regen, zu vieren, unter vorragenden Blechen.

»Glaubst du nun, daß wir im Krieg sind?«

»Wenn man nur davonkommt«, sagt der Unteroffizier.

Gallas holt einen Käse aus seinem Tornister, den er nicht ißt: man bettet einen Zuaven, den es erwischt hat, in eine Grube. Er zittert, wenn die Erde auf ihn fällt.

Wir warten, der Regen singt auf dem Blech. Da kommt ein lebhafter, untersetzter Mann rückwärts aus der Höhle. Er schwingt einen Stock, weist uns den Weg: dem rechten Graben folgen, das ist alles. Doch; er winkt uns zurück: »Und bückt euch, Kinder.«

Wir biegen in den Stollen ein. In größeren Abständen tritt ein Mann zurück, um uns vorbeizulassen: »Stehenbleiben.«

Ich habe Blanchet nahe bei mir behalten. Schon sind wir die Armee, die sich in vorderster Linie schlägt; es wird Abend:

vor und hinter uns, und noch höher, das feuchte Innere des Erdreichs. Die Deutschen sind jenseits dieser Brustwehr und dieses Feldes; wir sehen sie nicht, ebensowenig wie sie uns sehen.

Der kalte Regen hörte nicht auf. Oft nahm ich Blanchet auf meine Knie; wir drängten uns aneinander, wobei wir versuchten, aus unser beider Kapuzen eine einzige zu machen. Dann höhlte einer von uns mit einer Hacke einen Unterstand aus: die fette, weiche Erde löste sich manchmal und riß die obere Erde mit. Das Loch war kaum groß genug, um ein Muttergottesbild darin unterzubringen, als der Befehl erging, die Arbeit einzustellen. Auch anderswo waren die Unterstände eingestürzt.

So galt es denn, im Regen auszuharren, mit jener inneren Kälte, die jede Bewegung verhindert. Ich weiß nicht, warum dieser Befehl eine Freude in mir weckte, so heftig wie ein Schlag – dann jenes anfangs unsichere Gefühl, das in mir aufzusteigen begann, und das weder Befriedigung noch Aufregung war, nichts anderes als eine anhebende Begeisterung.

Die dann anwuchs, später, und mich ganz durchdrang.

3

Ein arabischer Tirailleur kam vorbei, er trug einen Topf mit roter Kohlenglut in den Armen, und jammerte, damit man ihm Platz machte. Ein Zuave, dessen Brust mit einem stählernen Harnisch bedeckt war, erklomm mühsam die Brustwehr; er begab sich auf einen Erkundungsgang. Einige Kugeln seufzten oder pfiffen um uns. Mir war, als bereitete ich all diesem Gelände, all diesen Männern einen Empfang in mir. Innen empfand ich meine Sicherheit und mein Gleichgewicht, als ob ein junger Baum in mir heraufgewachsen wäre.

Diese Verschwörung der Kräfte meines Körpers und meines Geistes bemächtigte sich meiner im gleichen Augenblick, auf Grund einer Ähnlichkeit mit dem, was mich umgab, und mit der Anstrengung, die, wie ich mir vorstellte, all diese Soldaten gemeinsam leisteten. Ohne daß von dem Krieg mir noch etwas vor Augen gekommen wäre, fühlte ich ihn schon in mir und fand ihn natürlich.

Es wurde Tag; durch die Schießscharten sah man undeutlich ein paar Winkel schlammiges Erdreich, von Stacheldraht durchzogen. Ich lernte Ferrer und den Gefreiten Caronis kennen, die neben mir waren. Etwas später forderte der Furier Jules-Charles mich auf, ihm zur Hand zu gehen; ich willigte ein.

Ich hatte das nicht zu bedauern. Am gleichen Abend noch – wir waren in die Unterstände der zweiten Linie zurückgekehrt – überließ er mir ein Schafsfell, aus einem Ballen von Strickjacken und warmen Bekleidungsstücken, den die »Dames de France« geschickt hatten. Es war mit einem schlecht verschlossenen Marmeladeglas gereist, und hatte davon in Höhe des Herzens einen großen roten Fleck behalten.

Als ich erwachte, stieg und sank ein leichter Schnee vor dem Eingang. Was für ein langsames und verworrenes Erwachen. Ich war noch halb in meinen Träumen befangen: ein zänkischer Kaufmann – was hatte er dort zu suchen? – ein Schmerz im Knie (ich würde wohl den Arzt aufsuchen müssen), die Angst vor allem, man könnte mich an jenen finsteren und von hellen Blitzen durchzuckten Ort führen, von dem diese Granaten und dieses Gewehrfeuer kommen.

Die Feigheit dieser Träume hinterließ in mir ein Gefühl des Heruntergekommenseins. Doch noch ehe ich mich aufrichtete, suchte ich tastend die Ursache festzustellen, und als hätte ich sie schon erraten. Nicht diese steifen und gekrümmten Beine waren schuld, auch nicht mein kalter Kopf; sondern diese allzu heiße und wohlig verpackte Brust unter dem Schafsfell.
Alsbald beschlich mich unwiderstehlich die Erinnerung an das gleiche Unbehagen, das ich schon einmal empfunden hatte. Gewiß war da in meinem Traum die Kuchenverkäuferin vorgekommen: Hatte sie mir nicht eine Tasse kochenden Tee angeboten, hatte sie nicht für mich aus ihrem Wintermantel das Pelzfutter herausgetrennt?
Ich bin nicht der Meinung, die Güte jener Frau hätte Unrecht gehabt, ebensowenig wie die Wärme des Schafsfells. Nur hatte ich beides zu sehr als eine Gunst aufgefaßt (es ist das einzige in dem Ballen, hatte Jules-Charles mir durch den Augenschein zu verstehen gegeben). Die Sorgfalt, mit der ich sie als Vergünstigungen nahm, um mich allein daran zu erfreuen, stand so sehr im Widerspruch zu einem beharrlicheren Eifer, daß sie – anders läßt sich das nicht sagen – das kriegerische Bewußtsein ins Unrecht setzte, das sich offensichtlich in mir zu bilden beginnt.

Die verworrene Nacht

1

Im Tageslicht schwebte ein verbotener Rauch über den Unterständen. Ein Lärm, als ob Holzfäller am Werk wären; und es ging einem durch den Kopf: »Du baust dir wohl ein neues Haus?«
»Freilich!«
Häuser aus Zweigen und Blättern. Blanchet verwandte keine große Arbeit auf das unsere, manches war eher einfallsreich als zweckmäßig: Lappen, um den Regen aufzuhalten, ein Mistelzweig (der Glück bringt), und ein Gatter aus Draht, dessen man sich bedient, weil er es mit so großer Mühe hergeschafft hat (es wird die dünnen Zweige festhalten). Die Zuaven schleppen Rundhölzer auf der Schulter herbei; sie rutschen und klammern sich mit einer Hand an die Pfähle der Hütten. Über den Eingang zu den Unterständen wird eine Zeltplane gespannt; sitzend oder liegend, ißt man dort, träumt auf einem Ellbogen, fettet ein zerlegtes Gewehr ein. Gegen Abend senkt sich der Nebel in unseren Rauch; ein schwacher Lichtschimmer in den Hütten. Zeitungen werden vorgelesen, Funken aus Kohlebecken, gebückte Nachbarn besuchen einander.
Manchmal mußte ich unversehens den Hang hinunterstürzen: Jules-Charles rief mich, um die Verteilung der Brotlaibe zu überwachen. Oder ich ging mit Blanchet Reisig sammeln, und wir zündeten Feuer an, die Essensträger zu wärmen und die Suppe, die sie herbeibrachten. Fünf Tage soll die Kompanie in dritter Linie bleiben, auf dieser Lehne.
Ich betrachtete gern die Bäume, das vereiste oder schwarze Wasser der Pfützen, den Himmel, der mir weiter vorkam als überall anderswo, die Araber, die schweigend Hürden aus

Zweigen flochten und den Stacheldraht um die spanischen Reiter wickelten.
All diese Dinge, und die Kräuter oder Beeren, deren ich mich aus Kinderzeiten erinnerte, nichts war eigentlich neu für mich: doch die Art, wie ich sie ansah, verlieh ihnen einen Reiz, den sie noch nicht gehabt hatten. Diese Natur, die mühselig von Bauern beherrscht wurde, hatte bei mir die Vorstellung einer alten Magd hinterlassen, deren vertrackten Gewohnheiten man sich fügen muß, und die uns oft mit ihren Böswilligkeiten plagt. Während ich durch die Art, wie der Krieg mich ihr gleichstellte, heute ihr Vertrauen gewann: indem man derart auf die Stufe eines Menschen herabsteigt, dem man bisher befohlen hat, ist man erstaunt, ihn so reich an Gedanken und Gefühlen zu finden.
Die Würde der Tiere fiel mir auf. Raben flogen feierlich über unserem Wald, oder fielen zwischen den Wipfeln auf die Wege ein. Sie waren weder zutraulich noch scheu, sie hatten nur keinen Umgang mit uns. Näherte ich mich ihnen, so flogen sie nach einigen Augenblicken auf, ohne sonderliche Eile und ohne merken zu lassen, daß ich die Ursache war.

(Manchmal kommt pfeifend ein Geschoß geflogen, und taucht in einen Tümpel, ohne zu platzen. Oder mit einem lauten Knall in der Luft zerberstend, fällt es in Stücken durch das Laub herab. Eines Tages sah ich, wie eine Kugel in den Stamm einer Fichte fuhr.)

Lange Zeit hatte ich den Wunsch gehabt, die Gesellschaft zu verlassen – ich meine: die der Geselligkeit, der Gesittung –, um auf dem Lande zu leben, oder bei den Wilden. Oder ich forderte, um zu bleiben, auf der Stelle eine Revolution. Die-

ser Traum war vielen jungen Leuten gemeinsam (die eine größere Freiheit zu finden hofften, und ihre Entfaltung in einem natürlichen Leben, während sie zugleich dem sozialen Zwang entrinnen würden). Nun hatte dieser Traum sich für mich verwirklicht, freilich auf eine meiner Erwartung genau entgegengesetzte Art, weil wir, in dieser Natur, einer Feindseligkeit ausgesetzt waren, die noch weit gefährlicher war als die der Gesellschaft. Ich empfand das wie einen leisen Spott über meine Vorstellungen.
Doch meine Entdeckung veranlaßte mich, diese zu berichtigen. Der Grund meiner Betroffenheit lag wohl in der friedlichen Existenz, die ich meinen Gefühlen und mir versprochen hatte, wenn ich nun zum ersten Mal, in dieser Gefahr, ein erfülltes und selbstsicheres Leben führte.
Und was die Feindseligkeit der Welt betrifft, so scheint der genaue Sinn meines Vorwurfs dieser gewesen zu sein: daß sie nicht mächtig genug war, um mich zu nötigen, unter ihrer Drohung zu leben. Ich entdeckte, daß ich mir nur ihre Schwäche zunutze gemacht hatte, um mich über sie zu beklagen.

Die Freiheit, die, meiner früheren Meinung nach, das Leben auf dem Lande mir hätte verschaffen sollen, kam mir nun aus dem Zwang, der auf mir lastete; sie entsprang den Augenblicken, in denen ich mich diesem Zwang entzog; die weite Erde um uns war nun ein Teil meines inneren Lebens. Ich stellte mir vor, was alles an Großem, an Verschiedenem es auf ihr gab: Wiesen, Waldungen, bebaute Felder, wie ich mir meine verschiedenen Gefühle hätte vorstellen können, und ebenso mühelos.

Die Sympathie mit dem Krieg, zu der ich anfangs auf einen Schlag gelangt war, und gleichsam im Dunkeln, gewann derart genauere Farben und fand ihre Rechtfertigung: und zwar dadurch, daß die vollkommene Deutlichkeit dieser äußeren Vorkommnisse: die Kugel oder die Granate, jede Konfusion vereitelte (wie wir etwa Regen oder Sonnenschein für unsere Launen verantwortlich machen), so daß es genügte, solchen Vorkommnissen einen Augenblick lang keine Beachtung zu schenken, um, entschlossener sich nach innen wendend, unserer Seele inne zu werden.

Dann jedoch vermischte sich beides, und wir durchlebten eine seltsame Nacht.

2

»Das nennen sie die Puppe«, erklärte Sièvre. »Das kommt in der Luft heran, baumelt nach rechts, nach links. Ganz langsam, und du kannst dich noch rechtzeitig verdünnisieren, aber da, wo das herunterkommt, gehn gut zehn Meter Graben in die Luft.«

Er ist heute abend von seiner Kompanie herübergekommen, die sich in der Schlucht eingerichtet hat.

»Und das alles im zwanzigsten Jahrhundert«, ächzt Gallas, von der Türe aus.

»Wißt ihr, was mich vor allem ankotzt?« läßt Sièvre sich wieder vernehmen. »Da schlägt man sich für die Kapitalisten; die sollten ganz vorne sein, aber die drücken sich in der Etappe herum.«

»Ich hab da einen Freund«, beginnt Jules-Charles, »der hat mehrere Millionen geerbt...«

Glintz, der hinter Blanchet hockt, streckt sich lässig aus: er ist am weitesten vom Feuer entfernt, aber ihm ist von uns allen am behaglichsten. Ich schneide ihm ein Marmeladebrot ab.

»Du läßt dein Messer auf dem Stroh, da kann man sich dran verletzen«, sagt Blanchet.

»Das wäre dann eine Kriegsverletzung.«

»Wenn man doch nur schon eine Kugel im Arm hätte, und eine hübsche Kleine, die einen pflegt«, sagt Glintz.

Blanchet lächelt. Doch Sièvre beginnt eine andere Geschichte:

»Da war doch gestern ein Deutscher, der aus seinem Graben gestiegen ist; und er kam auf uns zu, ohne Gewehr, nur mit einem Spazierstock...«

Als es neun Uhr ist, zünden Glintz und Sièvre eine Laterne unter ihrer Kapuze an, und gehen hinaus. Um den Weg zu finden, strecken sie einen Arm aus und tasten sich von einem Baumstamm zum nächsten.

Blanchet und ich bleiben, wo wir sind, während Jules-Charles sich wäscht oder eine nach der andern, um die beste zu behalten, die Strickjacken der »Dames de France« anprobiert.

Das Feuer, das noch brennt, macht die Unterkunft enger. Blanchet steht auf; und achtsam, daß seine Bewegungen Jules-Charles in den seinigen nicht hindern, scharrt er die roten Kohlenbrocken zusammen, damit sie ihre Glut vereinigen.

Dann rollt er sich in seine Decke ein, und schläft wie ein Klotz – traumlos, ja er mißtraut den Träumen sogar; die Arme der Länge nach an den Leib gepreßt, behält er von abends bis morgens die gleiche Haltung; unser Kopf ist eingemummt, schwer, kostbar. Unsere Füße, in aufgeschnürten Schuhen, sind leicht und kommen uns nackt vor.

»Diese Strickjacke ist zu eng«, sagt Jules-Charles plötzlich. »Ich muß schnaufen, um Luft zu kriegen.«

Er will sich aufrichten, er bewegt die Beine.

Doch was uns aufgeweckt hat, ist ein plötzlicher Hagel von pfeifenden Kugeln, die tackern, im Gestein aufschlagen, gegen die Bäume klatschen. Dann, so zahlreich sind sie, scheinen sie eine reglose Versammlung, wie ein Trupp Grillen, die auf unsern Dächern schnarren.

»Auf, die Tornister gepackt!« sagt einer, der draußen von Hütte zu Hütte stapft.

Rasch habe ich mich erhoben, ich ziehe meine Schuhriemen fest und nähere mich der Türe. Ich zittere, dennoch empfinde ich nichts, das der Angst ähnlich sähe. Aber alles hat

sich bereits beruhigt. Nur die Hundertzwanziger platzen und knirschen auf den Wolken. Einige abgebrochene Zweige fallen langsam und streifen das untere Geäst. Die gewohnte Nacht kehrt zurück.
»Ich glaube, ich habe mich gestochen«, sagt Blanchet. »Du hast dein Messer im Stroh gelassen, ich hab dir doch gesagt, du sollst achtgeben.« Dann: »Das ist eher eine Spinne, was? Das Miststück, ich hab es am Tag gesehen.«
»Ja, die Spinnen«, pflichtet man ihm bei; »die sind manchmal bösartiger als alles andre.«
Daraufhin schlafen wir wieder ein. Ich habe diese Spinne wohl gesehen, mit ihrem goldenen Bauch glich sie einer Wespe. Etwas später jedoch wacht Blanchet auf und fragt: »Wie geht es dem, der eine Verwundung abbekommen hat?«
»Der Verwundete bist du«, erwidert Jules-Charles.
Und keiner von uns wundert sich.
Ich stehe spät auf. Da kommt Blanchet zurück, der, ohne daß ich es gemerkt hätte, hinausgegangen war.
»Das war eine Kugel, die ich erwischt habe. Ich zeige dem Unteroffizier meinen Arm. Da sagt er: Aber Ihr Ärmel muß ein Loch haben. Tatsächlich. Sie ist da durchgegangen, man muß sie im Stroh suchen. Dabei war ich mir doch sicher, daß es dein Messer war. Die ganze Nacht hab ich mich über dich geärgert.«
»Den Casamata hat's auch einmal so erwischt«, sagt Jules-Charles. »Die Kugel trifft ihn scharf neben dem Auge, dringt halb ein und bleibt stecken. Erst dreht er sich um, und sagt zu Ferrer: Laß doch den Unfug (er glaubte, es wäre ein Brotkügelchen). Dann zieht er sie mit den Fingern heraus.«

Die Kugeln kamen von dem Kampf bei Tracy-le-Val. Die Deutschen, die das Dorf eingenommen hatten, mußten es hernach wieder räumen.

Zwischen diesem hingelegten Gewehr,
dieser weißen Böschung …

1

Zwischen diesem hingelegten Gewehr, dieser weißen Böschung, diesem Mondschein habe ich bis drei Uhr morgens Wache gestanden. Dann bin ich hergekommen, um zu schlafen, da, wo die unbeholfen eingerichteten Nischen des ersten Tages waren, in diesem mit Bohlen abgestützten Unterstand. Wir hatten ihn begonnen, die achte Kompanie hat ihn gestern fertiggestellt.

Wurzeln hängen aus der Wölbung. Wir stehen gekrümmt; ich fühle zuerst, wie das Gewehr mich drückt, der Gürtel, der lederne Schulterriemen, steif und lästig wie die unbeholfenen Knochen.

Was uns weckt, ist nicht der Lärm eines Geschützes oder eines Gewehrs, sondern eher ein Tornister, der fällt, oder ein Mann, der sich reckt und von uns löst; und das Gerede in der Frühe.

»Die haben auch nichts drauf, die Tirailleure. Der, den ich gestern gesehen habe, der hatte Durchfall, blieb einfach da liegen, im Wasser. Der ist wohl auch abgeschrammt inzwischen.«

»Los, willst du wohl!« schreit man sie an. – Meine Kapitän, ich müde. – Willst du ... – Meine Kapitän ... – Peng! ein Hieb mit dem Knüppel.«

»... Ein Becher Muckefuck, ein Becher Muckefuck ...«

Unsere Worte erwachen vor uns, die wir diese feuchte Kleidung und dieses Lederzeug tragen müssen.

»... Also, Virgile und ich, wir haben uns gesagt: da liegen doch noch ein paar verwundete Boches im Wald; da gehen wir hin und machen die fertig. Aber kaum haben wir ein paar Schritte gemacht, kommt da ein dicker Brocken nach dem andern ...«

»Da hast du dich eben getäuscht. Auch wenn's mit denen so weit ist, können die sich immer noch wehren. Aber wenn's zum Angriff geht, und du jagst ihnen die Gabel in den Bauch, ha!«

Ich hebe die Plane hoch; der Graben überrascht jetzt durch seine geringe Tiefe, gerade mannshoch, doch darüber sieht man nichts als den Himmel.
Etwas höher platzt eine Granate; ein rasches Niederprasseln auf die Zweige. Durch die Schießscharte hindurch sehe ich ein Stück Feld, einen froststeifen Toten, der am Boden haftet wie ein Blatt auf dem Eis eines Tümpels. Der Gefreite Thielment gibt ein paar Schüsse ab. (Auf was nur? Ich denke mir, um sich einzuschießen, jagt er ein paar Leichen seine Kugeln in den Leib.) Um den Hals einen roten Gürtel, und einen blauen über den Hüften, trägt er zwei Strickjacken unter dem offenen Rock und eine bleiche Scharfschützenweste, die unter ihnen hervorsteht. Obwohl er dick und gefühllos aussieht, zittert er jedesmal, wenn er einen Schuß abgegeben hat.
Die Blätter eines Baumes werden blond; irgendwo muß die Sonne aufgehen.

Decoq, der vorbeikommt und sich schräg hinschleppt, ächzt: »Als ob da eine Kugel nicht besser wäre, am rechten Fleck und ein für allemal!« Verstörung spricht aus seinem Gesicht, das wie nackt ist. »Der hat Schmerzen«, sagt Thielment, »zum Heulen. Und will doch nicht fort, ein mutiger Kerl.«
So sehe ich überall, selbst bei einem Menschen gegen sich selbst, eine Grausamkeit am Werk.

Zum Kaffeeholen abkommandiert, treffen wir zu früh bei der Feldküche ein. Man wird warten; ich lasse mich auf einem Reissack nieder, der Gefreite und Gallas machen sich zu einem Gang durchs Dorf auf. Der Kaffeekessel hängt über einem hellen Feuer: wir strecken die Hände aus.
Grüne Fleischstücke liegen auf einem Tisch, und leere Feldbecher, immer fünf zusammen. Eine abgenutzte Mauer, die ein paar Pflanzen trägt und blühende Nelken, trennt uns von der Kirche. Cessac, der auf allen vieren aus der Kiste kriecht, wo er schläft, ist erstaunt, uns schon zu sehen.
Wir stöbern herum und finden etwas Schokolade. Cessac bietet uns einen Tropfen Rum an. (Den bisherigen Feldkoch, sagt er, hat man zur Kompanie zurückgeschickt, weil er es mit einer Frau im Dorf hatte.) Es geht eine Art Sanftheit heute von den Dingen aus, weil wir uns um sie kümmern. Wie wir zum Aufbruch bereit sind, heult ein schwerer Brocken heran und birst, nicht weit von uns, mit einem Krachen, als schlüge man plötzlich ein riesiges Tor zu.
Ich trete hinaus und sehe nur diesen großen Zweig, der sich neigt und lautlos herunterfällt. Doch der Gefreite Caronis stößt mich beiseite und stürzt in die Küche; auf seinen beiden Ärmeln liegt Dreck, den er nicht abstreift: »Sechs Schritte vor mir. Ich hab mich besehn, ob noch alles beieinander ist.«
»Die wüten wieder einmal«, sagt Normand. »Und das schlechte Wetter hört auch nicht auf.«
Gallas, der kleine Alte, kommt zurückgetrabt. Er trägt die Serviette um den Hals, die ihm auch als Halstuch dient.
Ein neuerliches, heftigeres Pfeifen, diesmal näher, entsetzlich. Wir werfen uns platt auf den Bauch, und bleiben einen Augenblick reglos, vernagelt an Geist und Leib.

Als das Geschoß geborsten ist: »Bleibt liegen«, schreit Caronis, »da fliegen Splitter.«
Ich sehe oder glaube zu sehen, wie ein düsterer Splitter schwerfällig dahinfliegt.
Es ist vorbei. Cessac kommt wieder aus seiner Kiste hervor. Gallas schneidet sich ein Stück von dem Käse, den zu kaufen er weggegangen war; wir brechen in ein Gelächter aus, weil Blanchet sagt: »Wenn sie ihre Batterie fünf Meter weiter nach vorne gerückt hätten, wären wir dran gewesen.«
(Er hätte sagen müssen: »fünf Meter nach hinten«.)
Die Furcht vor dem Geschoß sitzt noch in uns, oder zumindest dieses unangenehme Gefühl. Doch alles andere ist uns gleichgültig.
»Wenn ich hier jemals rauskomme«, sagt Cessac, der Ruhigste von uns, weil er in der Kiste war, »da werd ich was zu erzählen haben. Die Kinder müssen sich um mich versammeln, und dann: los! Und wenn da einer kommt, und sagt: Das ist nicht wahr, dem schmier ich eine, die sich gewaschen hat.«
Das zweite Geschoß, das vor der Küche geplatzt ist, hat niemanden verwundet: nicht einmal die Truthenne, die gluckt und an ihrer Schnur zerrt. Aber das erste hatte einem Dragoner ein Bein zerschmettert und zwei Pferde getroffen: eines war tot; das andere, dem es die Brust aufgerissen und die linke Schulter verletzt hatte, war aufrecht stehen geblieben und wollte, wie es da von uns abrückte, nur seine heile Seite zeigen.

2

Es ist nicht leicht, die Natur der Gefühle begreiflich zu machen, die ich bei diesen beiden Gelegenheiten empfunden habe, und welche seltsame Ähnlichkeit sie für mich annahmen: diese lag nicht in den Vorkommnissen selber, sondern in einer Eigentümlichkeit, die bei ihnen, wenn man so will, das war, was für einen See der Wasserstand sein kann.
Dieses Besondere offenbarte sich mir zuerst auf enttäuschende Weise, insofern als es nicht im Bereich des Außerordentlichen lag, zu dem alles, was den Krieg anging, sich doch hätte erheben sollen.
Der oder jener grausame Bericht, wenn ich ihm lauschte und also mehr oder minder Anteil daran nahm, ließ mich die angemessene Höhe nicht erreichen – durch etwas, das mir im übrigen wie eine Ungerechtigkeit vorkam: »Da gibt es nun«, sagte ich mir, »eine ganze Anzahl seltsam lebhafter Freuden, etwa die, dem Feind sein Bajonett in den Bauch zu stoßen, von denen ich mich ausgeschlossen fühle« – dennoch verlieh er mir, in einer nur wenig darunter gelegenen Schicht, festen Halt und eine Sicherheit dort, wo ich der Grausamkeit inne geworden war; ebenso entstand da in mir, anstatt der Furcht, eine fast schon zärtliche Trauer um das Leben.

Ich weiß wohl, solche Gefühle sollen die Leute häufig überkommen, hier aber schienen sie mir neuartig, und sie näherten sich mir wie ein Licht, das man herbeibringt.
Ich hatte mich oft über meine Gleichgültigkeit gewundert; sogar als ich euch verließ, habe ich keine andere Traurigkeit empfunden als die, zu der mich die eure nötigte; was mich

beseelte, war nur ein großes und hartnäckiges Verlangen nach Abenteuern.

Daher kam es auch, daß ich, im Übergang von einem Gedanken zum andern oder im Wechsel dessen, was mich beschäftigte, nicht jene Art beharrlichen Gefühls und Interesses hatte, die man den Dingen entgegenbringt, und worauf, unter anderem, die Würde beruht. Wäre ein Unbekannter gekommen und hätte mir unversehens einen Befehl erteilt, ich hätte, glaube ich, ihm aus Unachtsamkeit gehorcht, ehe ich nach einem Grund gefragt hätte.

Ich nahm freilich an, das sei ein weitverbreiteter Fehler. Und die allergebräuchlichsten Empfindungen kamen mir, bei den andern, leicht gewollt und künstlich vor – wie sie es für mich waren, wenn ich es darauf anlegte, sie zu zeigen.

Und so geschah es denn, daß ich, der sich bisher bei allen Gelegenheiten leicht unterhalb dessen fand, was diese Gelegenheiten von mir forderten, mich durch den Krieg auf das Niveau, nicht dieses Krieges, doch des vorausgegangenen Lebens im Frieden emporgehoben sah.

Es kam nun eine Zeit, in der ich Gefühle von einer ungewöhnlichen Frische, und die doch fest und gereift waren, empfand. Sie meldeten sich anläßlich unbedeutender Vorkommnisse, was sie um so auffälliger machte.

Gaudinot der Radfahrer sollte mir aus Compiègne, wohin er sich aufgemacht hatte, um für die Kompanie Einkäufe zu machen, Papier, Federhalter und ein zusammenklappbares Tintenfaß mitbringen. Ich sah sie in Gedanken vor mir und wendete sie nach allen Seiten; und entzückte mich an der Erwartung einen ganzen Tag lang.

Und ihr, wäre ich noch bei euch, in einem warmen und hübsch möblierten Raum. Dieser Gedanke öffnet mich,

zerreißt mich plötzlich, ehe ich Zeit zum Nachdenken finde – fast nur eine Anwandlung.
Vor allem andern aber war da das fortwährende und einfältige Gefühl meines Daseins und seines Ernstes: es verlieh meinen geringsten Gedanken eine glaubwürdige Gestalt.
Die Spur der ersten Furcht oder Grausamkeit – in dem allen fand ich sie wieder, wie durch eine Art Umwandlung – und ja, noch in der Freude, die mir heute die lauere Luft, der rosige und weiße Nebel bereiten, und diese Tauben, die da auffliegen.

Wie Glintz starb

1

Ein neues Holzkreuz im Steinbruch: »*Glintz, getötet am 25. November*«, steht da nun neben dem von Clech, den man an dem Tag beerdigt hatte, als ich eintraf.
Wir kommen vom Suppeaustragen; gestern abend habe ich Glintz noch gesehen, wie er in seinem Loch gekrümmt dasaß und auf einer violetten Karte schrieb.

Nach dem Steinbruch mußten wir langsam gehen, sonst wären wir mit unseren vollen Kesseln und unserem Gewehr links und rechts an die Grabenwände gestoßen. Wenn die Männer uns vorbeikommen sahen, nahmen sie ihr Eßgeschirr vom Haken und begannen, es mit Brot zu säubern.
Doch ich stelle die Suppe auf einem Bankett ab, und ich suche Blanchet. Da sitzt Jules-Charles in einer Gruppe zwischen zwei Schießscharten und vernäht ein Paket: »Ihr alle seid Zeugen, hundertzehn Francs waren in dem Portemonnaie. Da soll mir keiner hinterher kommen und behaupten...«
Blanchet hält den Faden, die Nadel und das Pappschild für die Adresse. Alle sind so mit Glintz beschäftigt.
»Er war mein Kamerad im Kampf«, sagt Gallas, gekrümmt wie immer, doch heute noch etwas mehr. »Und wenn wir uns zusammen amüsiert haben, ein feiner Kerl.«
»Ich weiß, wie es passiert ist«, sagt Blanchet zu mir: »Sie waren zu dreien, um Stacheldraht auszulegen, mit dem Gefreiten Delieu und Tolleron. Man hat ihn noch herbringen können, eine Kugel hatte ihn ins Herz getroffen. Er hat nur noch gesagt: So bin ich doch auf dem Felde der Ehre gefallen.«
»Warum: doch?«

»Darum; sie waren gerade halbwegs zwischen den Deutschen und uns. Sie krochen, man hätte sie kaum sehen sollen: aber die müssen gute Schützen haben. Eine einzige Kugel, und Glintz hat sie erwischt.«
Blanchet spricht ruhig, ohne allzu viel Trauer zu zeigen; ich hatte anderes von ihnen zu erfahren gehofft, aber ich traf da auf einen großen Augenblick im Leben des Gefreiten Caronis: er sollte den ganzen Nachmittag im Dorf verbringen, um die Verteilung der Patronen vorzubereiten. Und Delieu gab ihm eine Adresse, einige Ratschläge: »Sie ist die einzige in dem Nest, die der Mühe wert ist. Wenn du hereinkommst, bittest du um ein Glas Wein; du brauchst da keine Umstände zu machen.«
»Und sie begreift?«
Caronis frisiert seinen Schnurrbart und zieht einen neuen Fez aus seinem Tornister.
»Sie ist es gewöhnt. Natürlich bietest du ihr auch etwas an.«
Danach wollte Delieu nicht weiter mit mir reden. Ja, Glintz war tot, was weiter. Ein Soldat weniger, und ein guter Soldat, darauf legte er Wert.

Diese Gänge zur Feldküche machten doch Spaß. Kaum war man aus dem Stollen heraus, ging es über breite Flächen, von denen aus man natürlich den Himmel sah. Die Morgen vor Sonnenaufgang waren voll von einer grauen, kalten Luft, weniger kalt als gehässig; dann stieg eine rosige Wolke auf, rund und locker. Bald wurde der Tag freudig, und die Felder grün unter dem Reigen der Telegraphenmasten; oder aber Nebel mischte sich in jeden Baum, und die Sonne strahlte nutzlos an einem fahlen Himmel.

Unter den Suppenträgern wählte sich jeder seinen eigenen Rückweg: »Ich kenne den besten.« Aber dann traf man sich wieder vor dem Granattrichter, in dem ein Pferdekadaver zurückgeblieben war: seine gespannte Haut war dünn, grau und durchsichtiger als ein Spinngewebe; dann, im Steinbruch angelangt, betrachteten wir die Kreuze, um festzustellen, »ob neue hinzugekommen waren«. Dort erfuhr ich auch den Tod von Glintz, überrascht und, was ich mir nachher zum Vorwurf machte, mit der Art von Befriedigung, die sich einstellt, wenn man uns ein wichtiges Ereignis mitteilt.

Später bemerkte ich, was für ein Verlust uns getroffen hatte, wenn ich sah, wie sehr Glintz uns fehlte. Nicht daß mir der Gedanke gekommen wäre: wenn Glintz da wäre, würde ich zu ihm sagen . . .; aber unsere Augen suchten ihn oft, unwillkürlich.

Dieses Bild von ihm ist mir vor allem geblieben: schimmerndes, gelocktes Haar, seine Zähne, etwas Bohemienhaftes in seinem Betragen. Ein zu hübscher Mann, aber was man einem solchen sonst verübelt, blieb hier außer Betracht; er hatte etwas Anmutiges, Geschmackvolles an sich, und so bewegte sich mit ihm ein weiblicher Reiz durch den Graben.

Sièvre hatte die Nachricht im Lauf des Tages erfahren. Als er abends zu uns stieß, war er wütend: »Da soll mir einer auf den Gedanken kommen, mich hinauszuschicken, um Stacheldraht auszulegen dreißig Meter vor dem Graben. Ach, die da oben sind alle die gleichen: famose Extratouren, und die Landser müssen es bezahlen.«

»Glintz ist freiwillig gegangen«, hielt ihm Blanchet entgegen.

Gewiß, niemand empfand den einfachen und unheilbaren Schmerz, den einem im Frieden der Tod eines Freundes verursacht hätte. Vielleicht hatten wir hier den Eindruck, endlich in den wahren, gefährlichen Krieg einzutreten, und gegen uns selber das Vergnügen einer befriedigten Erwartung. Oder aber, wenn wir an uns selber dachten, empfanden wir undeutlich, daß da einem das tödliche Los gefallen war, und daß es nicht das unsrige war.

Noch gewisser jedoch verspürte ich eine Gereiztheit und eine Art Groll gegen eine frühere Achtung vor dem Leben, eine Anhänglichkeit an die Lebenden, und die übrigen Gefühle, die uns betrogen hatten, weil sie nicht genügt hatten, und weil der Krieg hatte kommen müssen. Mit dem Leichtsinn, der dem hinsichtlich aller geheiligten Bande entsprang, ließ der Krieg uns gleichsam zu Kindern werden.

2

Wir hatten beschlossen, Glintz zu rächen. Wie aufmerksam durchforschte ich das Gelände, wenn ich Wache stand: zuerst sah ich nichts als das schmutzige Stück Erde, den Draht und die Rüben, auf die meine Schießscharte den Blick freigab. Ich suchte dann nach einem Strauch oder Stein, den ich fest ins Auge fassen konnte.
Da flog irgendwo etwas Erde in die Luft. Sogleich heftete ich den Blick auf diesen Punkt, dem ich alles Übrige unterordnete; und ich visierte lange. Wieder zeigte sich etwas, ein Spaten, Schmutz, den man wegwirft, oder ein Kopf: ich schoß, und wußte nichts mehr.
An einer Stelle, wo der deutsche Graben dem unseren sehr nahe kam, bemerkte ich eines Tages eine Öffnung, durch die hindurch man etwas helleres Gelände sah. Wenn die sich verdunkelte und schloß, stand demnach ein Soldat dort, der Ausschau hielt. Ich schoß: ein Arm kam über die Brustwehr hoch und wankte von rechts nach links, dreimal.
Doch an diesem Tag wurden bei uns zwei Männer getötet.

Bérard mußte als erster dran glauben; durch seine eigene Schuld: er war am hellichten Tag aus dem Graben geklettert, um den Tornister eines Toten zu durchwühlen.
Lehmann hingegen traf es an der Biegung des Stollens, wo der Graben weniger tief war. Wir kamen von der Wachablösung, sein Kopf muß einen Augenblick lang die Brustwehr überragt haben. Die Kugel traf ihn in die Schläfe, er fiel um, und sein Gesicht wurde sogleich gelb.

Dieser Lehmann war auf seltsame Weise zu uns gestoßen. Er war Hilfssoldat in Saint-Denis, er litt an einem Bruch

und verbrachte sechs Tage von sieben im Gefängnis: am siebten machte er sich davon, stellte sich jedoch, bevor er als Fahnenflüchtiger gemeldet wurde.
Er entschloß sich wohl, an die Front zu gehen; als Freiwilliger, und damit hätte er die Achtung aller zurückgewonnen. Aber ob es nun Ängstlichkeit war, oder ob er es verschmähte, sich anständige Gefühle zunutze zu machen: er entweicht aus der Haft, stiehlt ein Gewehr, heißt sogar einen Kessel aus der Feldküche mitgehen, und schließt sich in Le Bourget einem abkommandierten Truppenteil an. Einmal bei der Kompanie, bleibt er dort, und ist nicht mehr oder weniger mutig als jeder andere.

Man hat ihn an die rückwärtige Grabenwand gelehnt, in seinem Umhang aus Wachstuch, darin er wie ein Seemann aussieht. Er ist grau und ausdruckslos, gedunsen schon, als ob sein ganzer Körper ihm ins Gesicht zurückdrängte. Ein wunderlicher Anblick, ihn so ganz aus Fleisch bestehen zu sehen: vorher mußte man bei ihm an Ungeschicklichkeit und Unrast denken.

Sie starben nicht unversehens für alle. Einige Wochen erhielt der Furier noch Briefe, die an sie adressiert waren – für Glintz auf feinem Papier, auf dem wohl schon die Rede davon war, wie sehr man ihn vermißte und sich ängstigte: sein Tod war der erste gewesen, er schien uns die folgenden zu veranlassen und sie vorauszubedeuten; daß jeder dieser Tode unwiderleglich war, im Gegensatz zu dem, was wir dem Feind zufügten, schuf uns ein Unbehagen und weniger ein Gefühl als eine Vorstellung von Entmutigung: wir sind, scheint es, fürs erste gehalten, den Krieg nur von seiner ungünstigen Seite kennenzulernen.

Delieu meinte nun, es sei vielleicht doch eine verirrte Kugel gewesen, die Glintz getroffen hätte. Sonst hätten die Deutschen wohl von neuem auf Tolleron und ihn selbst geschossen.
Fünf Tage nach Lehmann wurde ein anderer aus unserem Zug, den ich nicht kannte, Lesage, von einer Kugel an der Schulter getroffen und abtransportiert. Dem verdankten wir vielleicht, daß wir über Glintz die Wahrheit erfuhren.

Caronis blieb eine ganze Woche in Tracy-le-Mont; erst heute abend ist er zurückgekommen, aber er bringt ein Kaninchen mit. Delieu holt gleich eine Pfanne herbei und Fett.
»Dem bin ich in den Feldern nachgerannt, und hab es mit einem Stockschlag erledigt...«
Delieu kniet vor dem Feuer, er antwortet nicht. Caronis erwartet keine Komplimente mehr und hört auf zu lügen.
»Ich hab es auf dem Hof dort unten gekauft. Ich wäre schon vorgestern gekommen, aber da war nichts zu machen.«
»Und warum hättest du es nicht haben sollen?«
»Zwei Francs mußte ich dafür bezahlen, das ist nicht teuer. Als ich mich auf die Beine machte, sagte die kleine Stallmagd zu mir: Das Kaninchen hatte sie für ihren Mann aufgehoben. – Da mästet man ein Kaninchen, für wenn er wiederkommt. Aber gestern erfährt sie, daß ihr Mann gefallen ist. Wo? Den Namen hab ich vergessen, aber er würde mir wieder einfallen, wenn du ihn nennst. Eine kleine junge Frau von zweiundzwanzig Jahren, mit Kindern, das ist hart. Da wollte sie das Kaninchen nicht mehr.«
»Bei der Kompanie sind wieder drei draufgegangen, einer gerade vorhin«, sagt Delieu.
»Und bei denen, da weiß man nichts von. Als ich gesehen

habe, wie es Glintz so säuberlich erwischt hat, da hab ich gedacht: es liegt was Schlimmes in der Luft.«
»Für Glintz gilt das nicht«, entgegnete Delieu, mit finsterem Gesicht. »Den haben wir getötet; Pourril war's, vom dritten Zug. Er war nicht gewarnt worden, daß da jetzt ein Spähtrupp aufbrach; er hat das zuerst für Deutsche gehalten.«
»Ha«, sagt Caronis, »dennoch: vor dem Feind gefallen.« (Wie Glintz selber gesagt hatte.) Und nach kurzer Überlegung: »Immerhin, auch die Unsern schießen gut.«

Ich hatte den gleichen Gedanken gehabt. So machte der zweite Tod von Glintz uns nicht mehr zu schaffen als der erste; ja bei aller Gräßlichkeit, und so verschieden von ihm, bestärkte er uns in dieser Art Leben.

Polios Stärke

1

Gekrümmt, daß er wie bucklig aussieht, springt Polio tief in den Schlamm und wieder heraus. Über und über bespritzt, bis in seinen fuseligen Bart. »Phänomenal!« sagt der junge Leutnant.

Wo der Graben abbiegt, sehe ich einen Augenblick das Gehölz, aus dem man die Deutschen gestern vertrieben hat; und das jetzt ganz von Stacheldraht umgeben ist, halb mannshoch.

Nun bewegen die an der Spitze des Zuges sich langsam in einen Tunnel hinein. Wir treten auf der Stelle, und Polio wendet sich zu mir um: »Hast du das gehört? So was sagt man nicht.«

Rübenstengel und -blätter hängen von der Böschung herab, wie aus einem Blumentopf. Das Letzte, was ich sehe, ehe ich in die Nacht einer Höhle hinabsteige.

Der Furier schickt Chaize und Gallas aus, um die Brotlaibe im Steinbruch zu holen, dort, wo die Maultiere Halt machen; Blanchet breitet vier Zeltplanen auf der Erde aus; das ferne Licht der Unteroffiziere, die ihren Zug um Pfeiler leiten, genügt uns. Ich höre schon den Sand und die Strohhalme unter den Füßen der Männer. (Polio hütet mir meinen Platz.)

Unterdes gehe ich nach rechts und links. Was für eine riesige Höhle. Ein Lager algerischer Tirailleure schläft, hinter einer ausgespannten Schnur. Als ich hinüber will, streckt der Posten den Arm aus: »Zuave, geh weg, mein Freund.«

Hier steigt der Gang ins Helle. Seine Pfeiler sind von Moos bedeckt; eine viereckige Öffnung sieht wie ein Fenster aus, doch dichter Nebel vor den ersten Bäumen schützt uns.

Jetzt kommt das Brot; von fern schon sah ich diese großen Schatten unter ihrer Last, von denen ein weißer Rauch aufsteigt. Chaize hat es fertiggebracht, einen Sack umzustoßen: auch die schmutzig gewordenen Brotlaibe müssen verteilt werden. Als wir sie dementsprechend ausgelegt haben, und nachdem ich laut rufend durch die Höhle gelaufen bin: »Jeder Zug, Brot fassen!«, kehre ich zu Polio zurück.

Wenn man als erstes das Bajonett in den Boden gepflanzt hat, muß man zunächst an dem Stichblatt den Schulterriemen aufhängen, der die drei Patronentaschen hält, – dann die Feldflasche mit ihrem Gurt, die hin und her baumelt. Auf den Griff träufelt man ein paar Tropfen Wachs, um die Kerze zu befestigen: sie hält niemals sehr gut.
Nun braucht man nur noch den Kopf auf den Tornister zu legen. Man wird besser schlafen als im Unterstand, weil man die Beine ausstrecken kann, aber die Nacht wird kalt sein, bei dem Luftzug von allen Seiten.
»Ich habe ein Paket bekommen«, sagt Polio. »Ich habe auch zwei Briefe bekommen, die mußt du mir vorlesen. Von einem weiß ich, daß er von meiner Frau ist.«
Jawohl. Zuerst ist da von den Kindern die Rede.

»... und die beiden kleinen Mädchen laufen so gerne. Bis nach Panier-Fleuri haben sie Deine Kusine begleitet, wie sie auf Besuch gekommen ist.
Die Kunden sind nicht sehr zahlreich, und wenn die alten Weiber kommen, müssen sie immer an dem Preis herummäkeln. Aber sorgt Euch nicht um uns, denn wir haben ein Haus, ich bin gesund, und ich hoffe, daß das auch bei Dir der Fall ist, wenn dieser Brief Dich erreicht. Aber Ihr seid ja wie die Zigeuner, und Kopf hoch.«

Als ich zu Ende bin: »Den andern liest du mir morgen. Ich weiß nicht, von wem der ist; ich bekomme nicht viele Briefe.«
Das Päckchen enthält ein Cache-nez, sorgfältig gestopfte Socken, Streichhölzer, ein Parfümfläschchen, das nun voll Branntwein ist, und überall, wo noch Platz ist, trockene Nüsse.
»Sie packt gern allerlei hübsch zusammen«, sagt Polio.
Als schämte er sich, mich diese ganze Sorgfalt sehen zu lassen.

»Keine Frage«, sagt Gallas, »die Frauen tun das alles, um sich zu zerstreuen. Da war eine, die mich im Lazarett gepflegt hat. Was Sie alles durchgemacht haben! sagte sie; ich bewundere Sie. – Das hat doch nichts miteinander zu tun.«
Delieu: »Ja, bei manchen fängt das so an. Diese Frauen, lauter junge Dinger. Zwanzig waren in Tracy geblieben, als die Bomben herunterkamen. Eine an die andere gedrängt, in den Kellern. Nachher hat man sie die Toten verscharren lassen. Das ist weißgott das Erbärmlichste von allem.«
Thielment: »Na, wir wenigstens haben nicht zu klagen. Teufel auch! Bei dem Fraß, und wie wir untergebracht sind.«
Ob er auch mault, Thielment ist für den Krieg wie geschaffen. Er schlägt sich gern, und in Friedenszeiten hat er wie kein anderer lauter Streiche im Kopf. Außerdem Berufssoldat. Aber dieser Krieg hat schlecht angefangen: er wollte gerade in Urlaub fahren, für vierzig Tage; so was vergißt man nicht.
Er schreibt niemals nach Hause, aus Ärger. Wenn die Alten fragen: »... wir wissen nicht einmal, ob Du nicht vielleicht

schon tot wärest.« – »Ach«, sagt er, »sie fürchten sich, so jemand wie mich zu verlieren.«
Das nächste Mal, denkt er, wird's besser gehen. Wir aber, Polio, das ist unser einziger Krieg.

2

Es ist jetzt fünf Uhr abends. Aber wir haben nichts anderes zu tun bis morgen früh als von neuem zu schlafen, oder zu reden. Und so auf der Schwelle zum Krieg zu bleiben.
»... Also«, erzählt Caronis, »wie wir beide, Virgile und ich, in dem Dorf ankommen, hat's da wieder so einen großen Brocken, der zehn Schritt von mir entfernt platzt. Na, sage ich zu mir, ganz schön danebengegangen ...«
Polio, der wach geworden ist, fängt an, mir seine erste Schlacht zu erzählen:
»An dem Abend damals werden wir gefragt, wer von uns anderntags in die Messe von Allerheiligen gehen möchte. Über Gott mag ja jeder seine eigenen Ansichten haben, aber wenn es um die Toten geht ... Ich melde mich. Um vier Uhr morgens werden wir geweckt. Damit wir früher zur Messe kommen, denke ich. In unserer Unterkunft brannte ein Feuer, so recht gemütlich. Wir treten auf der Straße an, eine Viertelstunde Marsch, dann: ›Setzt die Gewehre zusammen!‹ Man wartet. Man hätte uns, denke ich, beim Feuer lassen können. Ich sehe, das ganze Bataillon ist da: so gehn wir alle zusammen. Wir marschieren weiter, immer weiter. ›Auf die Knie! nach fünf Schritten!‹ Ich war ganz schön erstaunt, was da auf uns herunterkam, ein wahrer Kugelregen, sag ich euch ...«
Hier bricht Polio ab, und damit hat es sein Bewenden. Das ist alles: es kommt ihm nicht in den Sinn, daß ihr Vorgesetzter sich getäuscht haben könnte, oder daß sie in eine Falle geraten sind. Er wundert sich, mit lauten Worten, daß es so was wie den Krieg gibt und man sich gegenseitig umbringt.
VIRGILE: »Als ich in den Laden kam, hab ich ihr die Hand

hingestreckt. Aber sie wollte nicht: Ich bin zu jung, hat sie gesagt. Noch nie hat man mich so abblitzen lassen.«
Normand: »Und mir geht es hier wie in Marokko. Seit einem Jahr hab ich keine mehr bestiegen.«
Virgile wendet sich uns zu: »Wenn man wenigstens so was wie Polios Frau hätte. Erinnerst du dich, in Algier?«
Daß Polio solche Reden duldet. Ich stelle mir plötzlich vor, wie er im Frieden lebt, ebenso verdutzt und arm wie im Krieg. Wundert er sich nicht im Grunde, daß man arbeitet und heiratet und lebt; und seine Frau für sich allein hat – »die auch nicht die häßlichste ist«, sagt Virgile.
Man kann lange reden mit einem Menschen, von Mann zu Mann. Doch nichts unterrichtet uns besser über seine Stärke oder seine Schwäche als die drei Worte, die ein anderer zu ihm sagt.
Tolleron: »Wir marschierten, man weinte Tränen vor Wut. Das heißt, man hätte weinen wollen. Kannst du weinen, wenn du nichts im Bauch hast?«
Thielment: »Wenn man wenigstens anständig eingekleidet gewesen wäre. Die Wickelgamaschen, die Vater Staat uns gibt: Leberpastete.«
Wird Polio den Krieg jemals so weit gelten lassen, daß er es wagt, sich derart zu beklagen? Er muß sich damit behelfen, alles unterschiedslos anzustaunen.

Thielment fängt plötzlich an, hinter dem kleinen Le Coz herzulaufen; sie galoppieren, und er schwenkt einen Stock. Der andere läßt sich absichtlich fallen und bleibt liegen. Da wirft Thielment sich neben ihn auf den Boden.
Normand: »Da hinauf fließen die Flüsse hin.«
»Ja, zum Meer.«
»Und das Meer?«

Unvermittelt sagt Turquet: »Denkt euch, meine Alte, dreiundvierzig Jahre hat sie auf dem Buckel, und wieder bringt sie mir ein Schäfchen zur Welt.«

Rings um sie die düstere Höhle, und hell da, wo die Kerzen sind. Ein Nebel von Worten und Staub umgibt die Männer, die unter erdgrauen Decken schlafen. Roseau hebt eine Karte in die Höhe; Ferrer, der mit der braunen Haut, beugt sich vor und zündet schräg seine Pfeife an der Flamme an.

Wenn die letzte Kerze erloschen ist, umgibt uns die wahre Nacht, die wir seit langem nicht mehr kennen. (Die Nacht in den Gräben ist menschlicher, als man denkt, und niemals ganz schwarz.)

Caronis: »Auch einer, der Glück gehabt hat, bei allem Pech, der Gefreite Barron. Einen ganzen Gürtel voller Taler hatte er, um sie im Krieg auszugeben. Wie er in Bordeaux ist, sagt er sich: Ach was, ich will auch einmal durchdrehn. Danach blieben ihm noch ganze dreißig Francs, die erste Kugel hat in weggeputzt.«
Tolleron: »Da war Bérard anders. Er legte alles auf die Seite, nun hat er nichts mehr von seinem Geld.«
So spricht man von den Toten mit wohlwollender Ironie, wie zwei, die zusammengeblieben sind, von dem reden, der sie soeben verlassen hat.
»Wenn das nicht idiotisch ist«, sagt Thielment, »uns immer eine Stunde zu früh zu wecken.«
»Na, da haben wir ja noch Zeit. Da könntest du mir jetzt auch den zweiten Brief lesen, wo wir schon einmal beisammen sind.«
Polio zieht ihn verknittert aus der Tasche; offensichtlich ist er mißtrauisch; vielleicht ist das nicht der erste Brief von der Sorte:

»Monsieur Polio, diesen Brief schreibt Ihnen einer Ihrer Freunde, weil er nicht umhin kann, Ihnen mitzuteilen, daß Ihre Frau es sich gut gehen läßt, während Sie sich für Frankreich schlagen. Diesmal ist es ein Kellner aus dem Café *À la Citadelle*. Jeden Morgen müssen wir uns seine Erzählungen anhören: Vergangene Nacht haben wir das miteinander getrieben, wir beide, und dies und das. Und Sie wissen ja auch, Monsieur Polio, daß es schon das gleiche war damals, als Sie abrücken sollten, mit dem kleinen braunen Gefreiten ...«

»Das war der Gefreite Barron«, sagt Polio zu mir, »von dem sie da eben gesprochen haben. Alles übrige ist gelogen: seither ist da nichts mehr vorgekommen. Ich weiß es, sie hat es mir versprochen bei allem, was einem heilig ist, an dem Tag, wo man uns eingeschifft hat. Und wenn sie etwas verspricht ...«
Er redet laut, und wenn er mir zeigt, wer er ist, soll auch Virgile das hören.

Sie hat diesen Schwur getan, an dem Tag, wo er sich eingeschifft hat, beim Haupt seiner beiden kleinen Töchter, oder seiner Mutter, die gestorben ist. Und Polio hat diesen Schwur gelten lassen: er weiß doch, wer er ist, daß man ihm ein Versprechen hält. So sehe ich nun die unvermutete Stärke (und bewundere sie), die ihm der Krieg verleiht. (Ob er freilich sehr geschickt ist, und sehr tapfer?)
Ich habe so eine Vorstellung, als sei dieser Krieg für Polio gemacht, oder für etwas in der Welt, das ihm gleicht, und dem es auch am rechten Glauben und an Lebenslust gefehlt hat. Wie ein Bordell dem die Liebe gestattet, der sie anderswo nicht zu finden wußte, aus Schüchternheit oder aus mangelndem Interesse, verleiht der Krieg uns eine so große Gewalt über Leben und Tod, daß man sie nie wieder vergißt, wenn man sie einmal verspürt hat. Was sollte Polio sich hernach vor andern Männern fürchten, die denen gleichen, die er getötet hat, vor andern Männern, die er hätte töten können. Intensiver als andere Ereignisse, und dennoch von gleicher Art, nur wie eine Vergrößerung und Verstärkung, wird der Krieg ihm behilflich sein, sich mit dem übrigen abzufinden.

Der Unterstand bricht zusammen

1

Wie es Nacht wird, schreit der Gefreite Caronis plötzlich: »Vorwärts!«
Er springt über die Brustwehr, und ich höre, wie er auf dem Laub niederfällt.
Alsbald springen Réchia und Ferrer ihm wortlos nach. Ich folge ihnen, ich laufe, ich bleibe an einem Baum hängen. Ich springe in einen Graben; da sind sie.
»Wir haben den kleinen Posten ausgehoben«, sagen sie.
Zwei Deutsche sind tot und versperren den Stollen. Ein anderer ist entflohen; er hat Réchia einen Schlag versetzt, seine Lippe blutet. Aber Caronis ist durch ein Bajonett verwundet worden.
Die ganze Angelegenheit hat mich nicht mehr beschäftigt, als sie das hier tut. Aber Caronis mußte durch einen andern ersetzt werden, die Wahl fiel auf mich.
Ich hätte wohl verdient, zum Gefreiten ernannt zu werden; obwohl es mir nicht leicht fiele, zu erklären warum. Da ich vor allem eine Freiheit empfand, die in keiner Pflicht unterzubringen war, interessierte der eigentlich militärische Teil meines Lebens mich kaum. Ich gab mir Mühe, ihm zu genügen; das ist auch schon alles, was ich davon sagen kann.
Ich teilte den Unterstand und die Mahlzeiten mit dem Gefreiten Delieu.

Delieu ist untersetzt, er hat regelmäßige Gesichtszüge, eine rosige Haut, ist sorgfältig frisiert; dies alles, dem es nicht an Gewöhnlichkeit fehlt, verleiht ihm dennoch heut abend das Aussehn eines ländlichen Schloßherrn. Die Männer, die ihn umgeben, haben graue Gesichter, und strecken ihre Hände zum Feuer. Es regnet, auch drinnen, wenn das Wasser, das

sich angesammelt hat, plötzlich durch die Plane dringt, die unter den Zweigen des Daches ausgespannt ist.
Wenn die Nacht fortschreitet, kehrt jeder in seine Hütte zurück. Blanchet fehlt mir; nicht daß Delieu mich schlecht aufgenommen hätte, doch seine Selbstsicherheit stört mich, und seine Überzeugung, daß er mir überlegen ist.
Ich war ihm gegenüber etwas Geringeres, weil ich eine Ausbildung genossen hatte, die weiter reicht als die seinige. Ich weiß nicht, warum man die gebildeten Menschen für bevorzugt hält: die unverkennbare Wirkung des Unterrichts, den sie empfangen, ist doch die, daß er fürs erste alles Selbstvertrauen in ihnen zerstört. Vielleicht kommt das daher, daß sie, wenn eine Gefahr sie bedroht, der sie entrinnen wollen, sich heftiger von aller Bildung im Stich gelassen finden als jeder andere. (Das gleiche gilt von Leuten, von denen man weiß, daß sie im Zuchthaus waren, oder sonst was angestellt haben: wenn sie nicht demütig sind, müssen sie mit größerer Dreistigkeit auftreten als andere.)
Wenn ich Patrouille ging, wollte Blanchet mich immer begleiten. Oder wir stiegen nachts zusammen aus dem Graben, um Drähte auszulegen.

2

Es schien, als wären unsere Gefühle der Zu- oder Abneigung in den Hintergrund gerückt, und durch den Krieg der Kenntnis der Stärke oder Schwäche eines jeden von uns unterworfen – einer sicheren Kenntnis, die der neuen Ordnung, zu der wir, wie wir fühlten, gelangt waren, eine große Einfachheit verlieh.

Obwohl Delieu nur wenig mit mir sprach, war es offenkundig, daß er meine Freundschaft für Blanchet mißbilligte; gleichzeitig konnte ich ihm in steigendem Maße meine Achtung nicht versagen: gewiß nicht seiner Intelligenz, auch nicht seiner Willensstärke wegen; aber er hatte eine gewisse Art, auf dem Laufenden und den Ereignissen immer gewachsen zu sein, die mir imponierte.

Zum Beispiel: Ich saß in meiner Hütte und war damit beschäftigt, mein Gewehr zu reinigen.

Meine beiden Beine hingen auf den Pfad hinaus, wo die andern vorbeikamen. Es gibt solche Morgen, da weiß man nicht recht, was man vermißt, einen Becher Rum, eine schlechte Nachricht, oder eine gemeinsame Arbeit; es fehlt einem an Schwung, man hat noch nicht recht angesetzt, diesen Tag zu leben. Ich war demnach ein wenig geistesabwesend, fern von dem, was ich tat, und von allem andern auch; was mir zum Bewußtsein kam, als Delieu plötzlich neben mir stand und mich anrief. »An was denkst du? An deine Mutter?« sagte er.

Er war zurückgekommen, um uns den Befehl zu überbringen, daß innerhalb einer Stunde dreißig Hürden zu flechten seien. Jenseits seiner unmißverständlichen Worte spürte ich eine beträchtliche Stärke. Ich aber konnte mich nicht so rasch zusammennehmen – noch meine ungeschickte Stellung verbessern –, um meine Unbefangenheit zurückzugewinnen.

Blanchet wurde krank: sein Knie schwoll an und bereitete ihm Schmerzen. Ich verließ ihn kaum, wenn wir marschierten; er stützte sich auf mich. Einmal gingen einige Granaten bei unserer Kompanie nieder, die in die Unterstände lief. Wir blieben allein zurück, in einem einsehbaren Gelände. Eines Abends hatte ich ihn mit Alkohol einreiben müssen; um mich nicht von ihm zu entfernen, entschloß ich mich, in dem Unterstand von Jules-Charles zu übernachten. Delieu ließ mich rufen, durch einen anderen Gefreiten, Beaufrère, einen lustigen Burschen, der an seinem Rock eine Reihe von glänzenden Knöpfen trug, gerne sang und an alles, was er sagte, das Wort »Marie« anhing. Ich erwiderte, daß ich bliebe. Beaufrère kehrte sich ab: »Das haut hin, Marie.«
Ich schlief also bei Jules-Charles, der in der Nacht Leibschmerzen hatte; er ächzte und wälzte sich, um seine langen Beine auszustrecken, wobei er mich beinah gegen die Stirn getreten hätte. Nichts in den folgenden Tagen gab zu erkennen, daß Delieu mir mein Verhalten verübelte. Ich bemerkte nur, wie streng die Urteile waren, die er fällte.
»Ich kenne da welche, die sich hinter den Bäumen versteckten, während man sich bei Carlepont schlug«, sagte er. »Um es genau zu sagen, das waren Virgile und Dubuc. Das kann man ihnen ruhig wiedersagen.«

Als es Blanchet besser ging, schloß ich mich wieder näher an Delieu an. Er hatte den gleichen Einfluß auf mich behalten; da wir kein Gesprächsthema hatten, das sich uns beiden aufdrängte, ergab es sich unausweichlich, daß meist ich etwas ausfindig zu machen suchte, das ihn interessieren oder ihm schmeicheln könnte. Die Freude über meinen anfänglichen Stolz, ihm Widerstand geleistet zu haben, war nun manchmal etwas schwächer, und ich empfand das Gefühl, das einen beschleicht, wenn man sich seinen Vorstellungen überläßt und einem, durch einen Zufall, eben diejenige abhanden kommt, die einen vergnügte, und nun ist das halbbewußte Vergnügen zwar noch vorhanden, aber man hat den Grund vergessen und spürt, wie es einem unmerklich entschwindet.

Das Gerücht ging um, ein Generalangriff stünde bevor. »Er ist«, sagte mir Delieu, »auf Dienstagmorgen festgesetzt.« Am Montagabend, ehe wir in die Gräben der vordersten Linie zurückkehrten, inspizierte ich die Gewehre meiner Korporalschaft.

Delieu war aufgeregt, er lachte und redete laut. Doch er wählte einen kühleren Tonfall, um mich darauf hinzuweisen, daß Blanchet nicht da war.

Ich wußte es, und ärgerte mich. Blanchet war dienstlich nach Tracy aufgebrochen. Daß er nicht zurückgekommen war, erschien mir wie ein Verstoß gegen unsere Freundschaft. Ich erwiderte: »Er hat sich aber nicht krank gemeldet. Ich werde ihn bestrafen, er macht es sich allzu leicht.«

Sogleich ging es mir durch den Kopf, daß Blanchet in Tracy krank geworden sein könnte, und eben in dem Augenblick erkannte ich, daß ich übereilt gesprochen hatte, um Delieu zu gefallen.

3

Eine Mondnacht über den kreidigen Stellungen; ein kalter Wind fährt durch den Graben. Von Zeit zu Zeit ruft ein Verwundeter: »Träger, her zu mir«, mit so lauter Stimme, daß wir es für eine Falle halten.
Ich lasse neue Erdsäcke aufschichten und Schießscharten dazwischen anlegen. Ein weggeworfener Militärmantel, der von Reif bedeckt ist, liegt zusammengerollt in einem Winkel des Grabens, wie ein weinendes Mädchen, das Kopf und Bauch an den Boden preßt.
Gegen elf Uhr übermittelt Delieu uns die Befehle für die Nacht: einen Angriffsstollen auszuschaufeln, und vor allem, daß nur ja keiner sich schlafen legen soll.
Rot und innerlich lachend, stellt Tolleron sich vor, die Deutschen könnten sich über die Böschung auf uns werfen. Mit seinen Händen umklammert er apfelrunde Granaten und schaukelt hin und her, um nicht laut aufzuschreien.
Im übrigen ist die Nacht still. Nur daß Ferrer einen Augenblick lang durch sein Periskop zwei Männer, links von uns, vor dem Graben kriechen zu sehen glaubt. Ich laufe, um den benachbarten Trupp zu warnen. Doch wie ich zurückkomme, stoße ich auf einen Erdhaufen, der heruntergestürzt war, und fast falle ich. Der Mann, der sich da mühsam aufrichtet und aus den Trümmern seines Unterstands herausarbeitet, ist Delieu. »Ich hab nicht geschlafen«, sagt er.

Daß Delieu nicht geschlafen hat, glaube ich ihm. Aber er hatte das Gefühl, als müsse er mir seine Unschuld beteuern. Ich erklärte ihm, was wir gesehen hatten, er antwortete mir; langsam erst empfand ich den Triumph, der sich in unserem Gespräch ankündigte.

Nacht und Morgen gingen vorüber, ohne daß es zu einem Angriff kam. Delieu mag heute seine Selbstgewißheit zurückgewinnen; er ist mir jetzt unterlegen, und ich werde mir auch noch seine Sicherheit zunutze machen.

Blanchet sehe ich erst anderntags in Tracy wieder. Sein Knie ist neuerdings geschwollen, und er muß für einige Tage ins Revier. Und dann: »Man hat sich da, scheint's, beschwert, daß ich nicht gekommen bin. Das war der Grund...« Er läßt sein krankes Knie krachen.
Jemand hat ihm also hinterbracht, was ich zu Delieu gesagt habe. Wie schwach und leichtfertig bin ich doch gewesen: um so lebhafter empfinde ich die Freude über meine Revanche. Aber ist es mit Blanchets Freundschaft nicht eben in diesem Augenblick zu Ende, da ich seiner würdig werde?
Während solche Bedenken mich durchrüttelten, fühlte ich mich oberhalb ihrer unverrückbar gehalten und befestigt: dort begann das halb unbewußte Leben, das mir in diesem Gelände und in diesen Abenteuern Sicherheit verlieh. Durch den Kontrast wurde mir die Ordnung fühlbarer, die es regierte. Ein Mann, der eine erste Geliebte nimmt, erkennt auf die gleiche Weise ein neues Leben in sich: er wundert sich, wenn er sieht, daß er es nicht selber völlig beherrscht noch erfunden hat.

Die Verwundeten kommen zurück

1

Die fünfte, die siebte und die achte Kompanie waren in demselben Häuserblock einquartiert wie wir, in Tracy. Wir hatten die Abende zusammen verbracht und Karten gespielt. Ein gewisser Ernst bei den Offizieren, und etwas, das in der Luft lag, ließ uns vermuten, daß der Angriff bevorstand. Delieu sang: »*Ils ont brisé mon violon, parce que j'ai l'âme française*«; beliebter noch waren: »*C'est pas une femme qui est faite pour toi, elle a des bijoux …*« und »*Marinette*«, in das alle im Chor einfielen. Wenn man erwachte, war einem ernster zumute, und manchmal hatten wir die Empfindung, als gähnte da ein Abgrund vor uns.

»Man muß sich vorher keine Angst machen«, erklärte Polio. »Hinterher aber, wenn es vorbei ist, dann sag ich immer: Was! das hast du durchgemacht, das hast du von nahem gesehen, wie du einen Brief liest, den deine Mutter dir geschrieben hat.«

»Mehr als den Tod riskiert man auch nicht dabei.«

Das war die Überlegung, auf die es am Ende meistens hinauslief; sie bereitete eine gewisse Befriedigung.

Sièvre tat mir leid; er war sicher, daß er nicht davonkommen würde, und war der Meinung, »daß da etwas faul sei«; »wenn er nicht auch seinen Stolz hätte, ließe er sich krankschreiben«.

Ich mußte ihm zureden; aber es war nicht leicht, ihn wieder zurechtzubringen. Das Gegenstück war ein Gefreiter von der achten Kompanie, der schrie, das würde eine tolle Sache und der schönste Tag unseres Lebens stünde uns bevor. Diese Übertreibung mißfiel mir, ebenso wie Sièvres Niedergeschlagenheit; in beider Verhalten lag etwas, das den Krieg in Frage stellte.

Für mich sind die Dinge nicht so einfach, und langsam gelingt es mir, eine Haltung zu finden, die mir angemessen scheint.

Um sieben Uhr erhält die siebte Kompanie den Befehl zum Aufbruch. Sie zieht auf der Straße davon. In demselben Augenblick beginnt die Kanonade über unsere Köpfe hinzudonnern.
Wir sehen Blitze auf dem Kirchplatz; das ist weniger ein Platz als eine Straße, die sich der Kirche zuliebe ein wenig verbreitert.
Ein Reiter kommt im Galopp vorüber; die Straße ist wieder menschenleer; ein Mädchen in Holzschuhen, mit zwei Briefen in der Hand, holpert übers Pflaster.
Drei Aeroplane am Himmel; einer flieht rasch davon; hinter ihm bersten runde Wölkchen, die sich langsam auflösen.
Nun kommen die fünf Wagen eines Proviantzuges; Brot, Fleisch, und Kohle. Ein Feldwebel ruft: »Dreißig Brotlaibe! Fünfzig Brotlaibe!«
»Eine hübsche Bescherung!« ruft ein Zuave, als er das weiße Fett sieht, das er in den Schmutz hat fallen lassen.
Geschützfeuer in nördlicher Richtung. Ich steige hinauf; von dem Speicherfenster aus sehe ich nur den Hügel und seine schwarzen Baumstümpfe über dem roten Boden. Es regnet.
Da kommt ein einzelner Tirailleur die Straße herauf. Seine Kehle ist blutig. Er geht gekrümmt und, beide Hände in den Taschen, singt er vor sich hin. »Haben Sie große Schmerzen?« scheint eine alte Dame unter einer Haube ihn zu fragen, die aus ihrer Haustür getreten ist.
Wir rufen ihn an: »Ist das von heut morgen?«
»Ja.«

2

Um drei Uhr beginnt das Geschützfeuer von neuem: das war das Zeichen für unseren Aufbruch. Eben in dem Augenblick, da wir Aufstellung nahmen, kamen zwei deutsche Gefangene, dick und wohlgekleidet, die ein Zuave führte, den Pfad herauf, der vor dem Gefechtstand des Obersten endete. Da mit einem Mal waren wir sicher, daß alles gut ging; freudig gestimmt waren wir auch nicht gerade, aber das Gefühl eines lästigen Zwangs, das auf uns lastete, war von uns genommen.

Verwundete kamen uns auf der Straße entgegen, und zogen an uns vorüber. Einer von ihnen hielt sich aufrecht, den Kopf zurückgeworfen, sein Gesicht zeigte Schmerz und Ruhe: mit beiden Händen, die er in seinen blauen Gürtel gesteckt hatte, hielt er sich offensichtlich den Bauch fest.

Wir aber rückten in einer seltsamen Erregung der Gier und der Erleichterung vor; endlich, schien uns, würden das Leben in den Gräben und unsere wenig ergiebige Beflissenheit ein Ende nehmen. Alte kriegerische Bilder indes kamen uns in den Sinn: Pfade, abendliche Märsche durch das Laub, und über uns der Donner der Kanonen. Wir glaubten derart, uns wieder in geordneten Bahnen zu bewegen, und die Straßen hatten einen großen Ausdruck von Schönheit.

Wir hatten einen Abkürzungsweg durch den Wald eingeschlagen. Bei der ersten Rast halten wir vor einem Verwundeten, der an einer Eiche lehnt. Neben ihm steht ein Wassereimer. Der Befehl war ergangen: »Die Becher bereithalten.«

»Wenn es Rum gibt«, sagten wir, »dann ist dicke Luft; wenn es Tee gibt, dann ist es halb so schlimm.«

Schließlich kam gar nichts, und wir tranken das Wasser aus dem Eimer. Der Verwundete war von einer verirrten Kugel in den Oberschenkel getroffen worden; er wünschte uns viel Glück, und daß wir »ebenso gute Arbeit« leisteten wie seine Kompanie.

Noch zwei Stunden Fußmarsch, und dann bricht der Abend ein. Da kommen wir vom Weg ab, scheint mir, bis wir diese Ansammlung von Hütten auf dem anderen Rand der Schlucht entdecken. Infanterieschützen hocken dort um ihre Feuer und wärmen sich; ein Goldschmied scheint vornübergebeugt mit etwas Schwierigem beschäftigt: Ist das nicht eine Frau, deren Armbänder und goldbraune Schulter ich sehe. Doch gilt es, die Schlucht zu durchqueren, und Delieu gerät in einen schlammigen Tümpel.

Nun ergeht der Befehl, hier Quartier zu beziehen; mit einer Kerze besichtige ich die Baracken ohne Feuer. In der ersten ist ein Zuave mit Blutflecken auf den Backen. Er sagt nur:

»Ich fühle, wie es weh tut.«

»Wo tut es dir weh?«

»Nein.«

»Wo ist deine Kompanie.«

»Nein.«

Er hat einen struppigen Bart, und sieht wild aus.

Die Hütte daneben ist geräumig, und fast trocken. Wir gehen hinein. Delieu schabt sich mit dem Messer die kleinsten Schmutzflecken von seinem Mantel; Blanchet scharrt rechts und links etwas Stroh zusammen. Die andern essen oder sinken in Schlaf.

Junge Bäume, deren Stamm von Granaten zerfetzt ist, halten sich nur noch durch einige Fasern aufrecht und vermittels der Stütze, die ihre oberen Zweige an den benachbarten

Bäumen finden. Der Waldsaum liegt vor uns, etwa dreißig Meter entfernt; auf der Chaussee ein Trupp Verwundeter, die sich langsam in Richtung Tracy bewegen, andere warten auf die Krankenträger und ächzen leise vor sich hin.
Von ihnen erfuhr ich, daß wir zwei Grabenlinien genommen hatten; über alles Weitere widersprachen die Berichte sich, doch rührten sie mich alle durch ihren Glauben und ihren Ernst. Ein großer Unteroffizier erzählte, daß er, ganz allein, ein Stück französischer Erde zurückgewonnen hätte. Eine Vaterlandsliebe, die anderwärts zu bekunden ihm lächerlich vorgekommen wäre, schien ihm hier durchaus angebracht.
»... Ja, und der große Feldwebel von der Achten, der mit den drei Medaillen auf der Brust, tot. Er war der Erste vorneweg, die andern liefen nicht schnell genug, um ihm nachzukommen. Ach! das war einer! ...«
Plötzlich sehe ich Sièvre. Er ist es, den zwei Träger da am Rand des Grabens absetzen: fleckige Leinwand häuft sich unterhalb seines Knies. Es muß ihm das Bein weggerissen haben, unter der Decke ist nichts zu erkennen, dort, wo die Wade sein sollte. Ich frage ihn nicht, sage nur: »Du siehst aber noch ganz munter aus.«
»Oh! soll ich mich unterkriegen lassen?«
Er wartet und wendet ein wenig den Kopf; er erkennt mich: »Was willst du, mein Lieber; was sein muß, muß sein.«
Als ich zurückkam, jammerte da ein arabischer Tirailleur mit einem Verband um die Stirn zwischen den Baracken. Der ihn hingeführt hat, will, er soll eintreten, doch der Verwundete kann weder den Rumpf noch den Kopf beugen, und so bleiben sie beide unbeholfen vor der Türe stehen.

3

Was wir dabei empfanden, wurde schwächer und verworrener in dem Maße, als ihr Leiden für diese Verwundeten aufhörte, ein bloßer Zufall zu sein, sondern ihnen allen den gleichen Stempel aufdrückte, je zahlreicher sie wurden. In gewissen Augenblicken hatten sie sogar den Arbeitern ähnlich gesehen, die abends eine Fabrik verlassen – alle in der gleichen Eile, und teilnahmslos für ihre Umgebung.
Gewöhnlich sieht man nur die Kranken, denen man durch Verwandtschaft oder Freundschaft verbunden ist: da kennt man kein Zaudern. Hier aber geschah das gleiche wie bei manchen Wörtern – *einfältig* etwa, *selbstsüchtig*, oder so viele andere –, die man in einem konkreten Fall sehr wohl versteht. Will man jedoch darüber hinaus: »Und der, und dieser andere?«, gleich weiß man nicht mehr, was sie bedeuten, und es fehlt nicht viel, so passen sie auf jeden Beliebigen. Da wir auf dies alles nicht gefaßt waren, kamen wir auch mit unseren Gefühlen nicht zurecht.
Um ihnen jedoch zu Hilfe zu kommen, stellten sich Gedanken und Betrachtungen im Überfluß ein; das wurde offenkundig, als ein Reiter die Nachricht brachte, daß der Angriff für den Augenblick zum Halten gekommen war, und daß wir hier bleiben würden.

Der Ausgangspunkt meiner Betrachtungen müssen wohl die Worte gewesen sein, mit denen Sièvre seine Verwundung wie etwas Einfaches und Selbstverständliches hinnahm. Damit war schließlich für ihn der Beweis erbracht, daß man gute Gründe hatte, sich zu schlagen. Und wie ich mich der Verwundeten nacheinander erinnerte, glaubte ich in den Zügen eines jeden den Stolz zu lesen, mit dem er zu sagen schien: »Bin ich nicht ein echter Soldat?« Alles konnten diese Männer gelten lassen, nur nicht, daß sie im Unrecht waren, als sie verwundet wurden. Und so kamen wir gar nicht auf den Gedanken, sie zu beklagen.

Gegen elf Uhr hörten wir hinter der Türe: »Habt ihr Platz für einen Verwundeten?«
»Das ist weiter unten, der Verbandsplatz.«
»Dann etwas Wasser?«
»Komm herein.«

Ein alter Mann tritt ein, dem der Arm herabhängt, geronnenes Blut auf dem Ärmel und auf der Hand. Lapouyade gibt ihm einen Becher Wasser, und Ferrer klemmt ihm »eine Zigarette aus Algier« zwischen die Lippen. Als er wieder draußen ist, sagt Turquet zu Ferrer: »Alter Schwachkopf, der ist glücklicher als du.«

Gesänge im Nachbargraben

1

So sind wir denn schließlich in dem neuen Graben angelangt; doch über welche Pfade und durch welches Gestrüpp! Man hatte Tunnels durchqueren müssen, und war durch vereiste Pfützen gewatet.
(Drei oder vier Granaten waren in unserer Nähe eingeschlagen. Am hellen Tag hätten die Maschinengewehre uns gewiß hingemäht; bei Nacht war die Gefahr weniger groß, man nahm sie auch leichter hin, als etwas Passenderes. Nächtliche Bedrohungen, die man ohne anzugreifen oder sich zu verteidigen erträgt, sind in Ordnung: die Nacht ist gleichsam von Natur gefährlich.)
Wir fühlten nicht mehr den Schnee fallen; da der Graben am Vortag eingenommen worden war, herrscht dort ein solches Durcheinander, und diese Toten vor der Brustwehr, sind das deutsche oder unsrige? So suchen wir uns tastend zurechtzufinden. Dann fangen wir an, die Erde unter uns aufzuwühlen und die Schießscharten in die andere Richtung zu verlegen. Ein Baum senkt seltsame Zweige und Blätter zu mir herab. Morgen ist Weihnachten.
Ferrer bemerkt nicht, daß zwei Tote zu unseren Füßen liegen, an das Bankett gelehnt; doch um sicher zu sein, berühre ich ihre rauhen Hände, wie man ein eingeschlafenes Glied befühlt. Die Nacht ist noch undurchdringlich.

Decoq war mit trübseliger Beharrlichkeit unter uns geblieben. Er schleifte das Bein nach und ächzte unaufhörlich. Bevor die Schmerzen sich seiner bemächtigt hatten, war er eine Art Held gewesen, hieß es: ganz allein hatte er einen deutschen Stollen eingenommen, aus dem er ein Maschinengewehr herübergebracht hatte. Doch ein Granatsplitter

zerschmettert ihm den Kopf; da ist sogar nichts mehr fortzuschaffen. Einer sagt es dem andern weiter.
Ein Lichtschein oberhalb der Erde, einige Kugeln pfeifen: alsbald verstummt das Geflüster.
»Hat niemand Kaddour gesehen?« fragt etwas später Delieu. »Er ist schon zweimal verschwunden, ich weiß nicht mehr recht wie.«
Er sagt das, ohne daß er uns damit etwas mitteilen zu wollen scheint. Seit einigen Tagen hatte man Kaddour im Verdacht, er könnte sich davonmachen.
Da mit einem Mal sah ich fünf Tote über einem Hügel sich aufrecken. Sie kommen mir zuerst so groß vor, daß ich sie nicht erkenne (das wirkte ganz *natürlicherweise* so übertrieben wie ein roter Mond, den man zufällig über einer Gartenmauer erblickt). Aber indem ich sie mit den Steinen und Granattrichtern ringsum vergleiche, schrumpfen sie alsbald auf menschliches Maß zurück.
Ein fahler Tag kommt herauf, eintönig und unbestimmbar. Dicht fällt der Schnee auf eine Egge, und auf einige Leichen.

Hinter uns ist eine Stelle, wo der Drahtverhau, der gestern den Graben verteidigte, nicht überstiegen worden war. Vier Zuaven hängen darin: dicht nebeneinander heben sie den Kopf und die Arme, und um die Stirn windet sich Stacheldraht.
Ein anderes Gefühl aber überkam uns angesichts der Toten, die vor uns lagen, in dem Raum, der uns vom Feind trennte: sie waren uns, um es geradeheraus zu sagen, weniger sympathisch; das waren fatale Tote, die es zu nichts gebracht hatten. Ferrer faßte das in die treffenden Worte: »Denen wird man's nachtun müssen.« Wir sahen auch zwei oder drei tote Deutsche.

Der Feldwebel kommt vorbei und wiederholt: »Aufgepaßt! Wenn sie aus ihren Löchern kommen, alle flach auf dem Bauch übern Grabenrand, und dann geschossen.«
Aber wo werden sie auftauchen? Ich suche das Gelände ab und lenke meinen Haß auf diese unsichtbaren Feinde; auch der findet sich da nicht genauer zurecht als mein Blick auf ihre Verteidigungslinie.
Ein wenig später haben wir sie zum ersten Mal singen gehört.

Fleischstücke und Bekleidungsfetzen hängen über mir in den Zweigen.
»Siehst du die Koteletts im Baum?«
»Ach, diese Nachbarn von drüben, was mögen die bloß gegen uns haben?«
Doch es rührt mich, zu sehen, wie Ferrer drei farbige Karten auf den Boden legt und betrachtet, die Teppiche von Bayeux. Wie lebhaft drängt es mich, darüber mit ihm zu reden. Doch nein, er hat sie bei einem Toten gefunden, sagt er. Von daher stammen auch der Packen Briefe und die violette Revue. Diese abgebrochene Unterhaltung indessen trifft mich mehr als sämtliche Leichen. Mir ist, als dränge ich, derart zurückerinnert, durch diesen Zufall tiefer in den Krieg ein.
Dann geht der Tag hin. Wir haben Rindfleisch aus Büchsen gegessen, und den Rum oder kalten Kaffee aus unseren Feldflaschen getrunken. Ich habe noch Durst; in dem Feld, durch das wir bei Nacht kamen, sah man einen Bach blinken: fließendes Wasser, was für ein köstliches Ding!
Ein untätig verbrachter Tag, der doch nicht leer war: am Grunde unserer selbst überzeugte ein ungewohntes Vertrauen uns von seinem Wert.

Polio bat mich um ein Messer; als ich die Hand zur Hosentasche führte, war ich plötzlich erstaunt, wie langsam meine Bewegung sich vollzog.
Man arbeitete nicht, man sprach auch kaum, die Deutschen sollten nicht merken, daß wir da waren. Jeder von uns sah sich derart auf sich selbst verwiesen, vereinzelt; und mir würde es schwerfallen, ihrer Eigentümlichkeit nach die Ge-

mütsverfassung zu beschreiben, in der ich mich damals befand. Was mir auffiel, war eher ihre Ähnlichkeit mit jenen Augenblicken, in denen man sich erkennt, ohne Angst, ohne irgendein Gefühl, das einen Namen trüge; dies nur: von allem Äußeren getrennt, vor allem von dem, was Tonfall, Lächeln, Nuancen des Ausdrucks wäre – vielmehr einem anderen Bereich überlassen und gleichsam tiefer hinabgestiegen. Die Erinnerung an die nachdenkliche Überraschung, die man in diesem Augenblick nicht vermeiden konnte, will einem nicht aus dem Sinn.
Mir war, als geriete ich in einen ähnlichen Zustand, diesmal nicht, weil mein Körper oder meine Seele ihn hervorriefen, sondern unter dem Einfluß und dem Gewicht der Ereignisse.

Dieser klägliche Anblick der zerfetzten Leiber und der mich umgebenden Erde war so vollständig, daß er unbeholfen wirkte, und gleichsam gewollt. Es war unglaubwürdig, daß wir auf dem Boden unseres Landes des Wassers, des Raumes, der Früchte beraubt waren – lauter Dinge, welche die Erde doch reichlich gewährt – und nur dieses kleine Teil Leben uns bewahrt hatten, nicht anders als die, welche nun tot waren.
Gewiß, ich fühlte mich einer solchen Armut nicht überlegen. Aber eben darum erschien sie mir nun als die Wirkung eines Wohlwollens oder einer Güte der Dinge, die mich rechtfertigen wollte. Als ob die Ränder eines Gefäßes sich herabsenkten bis zur Höhe des Wassers, das es enthält.
Gegen vier Uhr begann das Singen von neuem in einem deutschen Graben, den wir nicht sahen. Es waren lateinische Gesänge, und sie kamen in Wolken herüber. Sie ließen uns eine Versammlung junger Leute vermuten, die ihrer selbst gewiß waren, und voller Ernst.

3

Was den Gleichmut angeht, den ich beim Anblick so vieler Leichen empfinde, so stelle ich zu meiner Überraschung fest, daß er kaum meiner Entschlossenheit oder meiner früheren Begeisterung entspringt, sondern ganz im Gegenteil der Gemütsverfassung, zu der mich, ohne einem Zaudern Raum zu lassen, die Umstände nötigen. Wie sehr ist der Krieg doch für uns gemacht, wie zärtlich ist er gegen uns, daß wir uns ihm gegenüber so geduldig der Folgsamkeit befleißigen.

Und doch spüren wir, wie dieses Leben des Wartens und der Einwilligung uns auf einer niedrigen Stufe hält. Das machen diese Gesänge. Sie bieten uns eine Gelegenheit, darüber hinauszugelangen, sie nähern sich uns, als wären sie ein Seil, das man nur zu ergreifen brauchte, um davon fortgezogen zu werden. So würden wir hinüberlaufen zu ihnen, das Gewehr fest in den Händen, und durchdrungen von Haß gegen all diese Männer, die da auf unserer Erde singen, wo wir schweigen. Alles ist bereit: als stünden Außen und Innen im Begriff, sich in dem Punkt zu vereinigen, wo neues Leben beginnt.

Die Gesänge, die etwas allen Gefühlen Offenes sind, leisteten einer solchen Einfachheit mächtig Vorschub, eben in dem Augenblick, da sie von ihr geprägt waren. Wenn der Wind ihre Schwaden hierhin und dorthin trieb, sahen wir unseren Haß mit ihnen wandern.

Es wird Abend, und wir greifen nicht an. Man kann kein Feuer anmachen, doch beginnt der Mond, einige Helle zu verbreiten.

Kaddour ist zurückgekommen. Auf Delieus Fragen antwortet er: »Ich war der Letzte an der gefährlichsten Stelle; man hat mich im ersten Zug zurückgehalten, ich stand neben dem Gefreiten Monmayeur, als er verwundet wurde. Und Decoq, der ist tot. Sehen Sie nur, was ich da abbekommen hab, Herr Gefreiter.«

Einige braune Flecken waren das da, auf dem Mantelkragen: kleine Fetzen von Decoqs Hirn. Warum nur bereitet Kaddours Unschuld uns eine Art Enttäuschung?

Gegen elf Uhr brachten die Essenholer uns einen Topf mit gekochtem Rindfleisch, Reis und einen Eimer mit kalter Kaffeebrühe. Als Beaufrère dem Kameraden Leynaud davon in seinen Becher goß, platzte unangebrachterweise eine Granate zwischen ihnen und zerriß beiden das Gesicht.

Dann brachte man uns hinter die Linien. Uns schien, dies alles wäre das nächste Mal von neuem zu leisten, und der Schwung, der uns heute beseelt hatte, würde uns dann nichts mehr nützen.

Der doppelte Angriff

1

Ein Bild ist stärker und selbständiger als alle meine übrigen Erinnerungen: Zehn Soldaten heben sich vom Boden und beginnen, nachdem sie zuerst einen Haufen bildeten, auf einen Hügelkamm zuzulaufen, einer hinter dem andern. Sie sind winzig, und laufen ein wenig vorgebeugt, die Schöße ihrer Mäntel flattern; einer von ihnen fällt; es sah nur aus, als kniete er hin. Wie langsam sie vorwärtskommen!

Einige Erdklumpen sind in ihrer Nähe aufgeflogen: sie scheinen waffenlos, und schlank wie Hirsche. Immer noch laufend, verschwinden sie allmählich jenseits des Hügelkamms. Und plötzlich sehe ich nichts mehr: sie sind irgendwo in die offene Erde hinein verschwunden.

In dem Getöse, mit dem die Schlacht begann, schossen schwarze Rauchwolken hoch, wie große Flammen, und lösten sich dann vom Rand her auf. Und ein tausendfältiger Lärm von Kugel- und Artilleriegeschossen: Donner am Himmel, Kastanien, die unter der Asche platzen, plärrende Frösche, Zikaden, Bienen, Häuser, die einstürzen. Mit einer kindlichen Freude vergnügte ich mich an dieser Vielfalt und ihrer Heftigkeit, als ich unseren ersten Angriff sich entwickeln sah.

Der Hügelkamm zu unserer Linken ist nun verödet. Ich erkenne dort einen neuen Leichnam neben denen, die mir gestern so groß vorgekommen waren: er ist nicht wie die andern von weißem Reif bedeckt, sondern die helle Farbe seiner Hose sticht in die Augen.

Eine bleiche runde Sonne geht auf: mehr als einer Sonne gleicht sie einem Mond bei Mondschein.

Der Graben, gegen den sich der Angriff richtete, lag gänz-

lich auf dem anderen Hang: so daß wir uns fragten, ob das Unternehmen gelungen sei. Wir begannen zuversichtlich zu werden, als eine Stunde oder mehr vergangen war. »Da kommt ein Zuave zurück«, sagte Blanchet.
Man sah seinen kleinen Kopf auftauchen, dann verschwinden. Ja, er lief, kein Zweifel, doch immer mit dieser unbegreiflichen Langsamkeit.
»Ein Verwundeter, der den Verbandsplatz aufsucht.«

Einer, der größer gewachsen war, kam herauf; oder ich sah ihn erst, als er schon aufrecht auf dem Kamm stand. Er schien rückwärts zu gehen und sich so vor dem Himmel abzuzeichnen. Auch war er seltsam in seinen Mantel eingeschnürt.
Eine Weile fragten wir uns, was das alles bedeuten sollte. Im Vorbeilaufen rief der Verbindungsmann uns zu: »Alles in Ordnung: die vierten Zuaven haben die Gräben genommen.«
Unsere Freude, doch gleichzeitig auch unsere Unruhe nahmen zu.
Und dann kamen zwanzig, dreißig Männer, zahlreicher, als wir sie hatten aufbrechen sehen: sie kamen zurück, ohne schneller zu gehen, doch ohne Ordnung mischten und überholten sie sich. In Höhe unserer Gräben angelangt, ließen sie sich fallen, ich sah sie nicht mehr. Und das war alles.

Lange haben wir auf den Befehl gewartet, der uns, meinten wir, erlauben sollte, den verlorenen Graben wieder einzunehmen, und andere vielleicht, weiter entfernte. Nichts kam, und unser Eifer sank langsam in sich zusammen. Wir gaben ein paar Schüsse auf einen Baum voller Raben ab, den ein deutscher Soldat erkletterte.

Der Tag war äußerst hell und weiß. Man sah einen Verwundeten auf dem Kamm des Hügels kriechen; dann hielt er inne und blieb lange unbeweglich. Ich brach auf, um Suppe von hinten zu holen. Die Geschosse tasteten sich über uns vor: Was suchten sie in dem Wald? Zwei Zuaven von der Vierten begleiteten uns.
»Wir haben höchstens zwölf Tote in unserer Kompanie. Zwei sind beim Angriff gefallen. Und wir hatten Gefangene gemacht.«
»Bei dem Gegenangriff war die Stellung nicht mehr zu halten. Aber wir werden uns den Graben zurückholen; und wir hatten einen Leutnant, ach! einen Leutnant ...«
Diese Zuversicht war eine große Freude für mich.

Das Rindfleisch und die Suppe mußten in einer Baracke aufgewärmt werden. Das Maultier hatte einen Sack mit Weihnachtspäckchen mitgebracht: eines davon war für Blanchet, ich notierte mir die Adresse seiner Eltern. Wir machten uns wieder auf den Weg zu unserem Graben.
Dort war nichts vorgefallen, seit wir aufgebrochen waren. Nur daß es jetzt regnete, und daß die Brustwehr sich in Schlamm aufzulösen drohte.
Ferrer und Langella kamen zu spät von einem Erkundungsgang zurück und fanden nichts mehr zu essen vor; doch der Leutnant ließ für sie zwei Büchsen mit Corned beef aufmachen. Daß sie noch eine Mahlzeit bekamen, schien uns mit einem Mal von großer Wichtigkeit.

2

In all den Vorkommnissen, die ich hier berichte, gab es, und zwar schon gleich nachdem sie sich ereignet hatten, ein Teil Erinnerung, durch das sie mir im Gedächtnis geblieben sind, etwas, das ich festhalte, wie es mich hält. Bei dem, was nun folgt, ist alles gänzlich anders; kein Zweifel, ich muß mir selber abhanden gekommen sein in dem Augenblick, als wir, um anzugreifen, über die Brustwehr des Grabens stiegen.
Ein seltsamer Saal, in dem ich mich da befinde, gebohnert, mit Kronleuchtern, Spiegeln und Ahnenporträts. Doch aus einem der Betten erhebt sich im Hemd ein Schwarzer, der hinkt, mit rotem Turban und Gürtel.
Ich kann mich nicht hoch genug aufrichten, um meinen verwundeten Schenkel zu sehen, an dem ich einen Verband fühle. Ich strecke mich und fühle mich zurückfallen, wie ein Stein.

Mir war gewesen, als stürzte ein ganzer Menschenkörper mit voller Wucht auf meine Brust: und ich wagte noch nicht, mich zu betrachten.
Zuerst habe ich gemerkt, daß ich den Kopf nach rechts und nach links drehen, dann die Augen aufschlagen konnte in die Luft hinauf. Rings um mich ist nur frisches Erdreich; plötzlich sehe ich, etwas tiefer, zwei zerfetzte Körper, Polio, scheint mir, und noch ein anderer: Körper ohne Seele, sogar ohne Fleisch. Ich gewahre nur ihre untere Hälfte, mit Erde und Stoff vermischt.
Was an mir noch lebt, scheint mir alles einer unvorstellbaren Langsamkeit verfallen: ich kann nicht zwei Dinge miteinander ansehen; zwischen dem einen und dem nächsten schließe ich die Augen.

Aber ich berühre meinen Schenkel; er ist von meinem Blut bedeckt, das noch fließt. Da beginnt ein neues Gefühl von Freiheit sich in mir zu erheben und mich zu durchpulsen. Es wird zu Tausenden und Abertausenden von Vorstellungen: und durch diese erkenne ich mich als aller Mühen entledigt, zeitlos, keiner Erde angehörig. Eine Freudigkeit, die mir länger vorkommt als ein ganzes Leben. In dem Graben, wohin man mich bald hernach bringt – wer hat mich aufgehoben? ich weiß es nicht –, überkommt mich zuerst Enttäuschung. Nun ist es vorbei, die Tür ist zugeschlagen.

In dem Augenblick, als das Geschoß mich traf, war ich der letzte meines Trupps, der zurückkam, und aus Angst, feige zu erscheinen, beeilte ich mich nicht. Ich war empört über den Befehl – wer hatte ihn erteilt? –, der uns nötigte, diesen eroberten Graben wieder aufzugeben. War es denn unmöglich, uns zu unterstützen, oder den Kampf in eine andere Richtung zu entwickeln?

Es muß uns eine große Genugtuung gewesen sein, als wir den deutschen Graben im Sturm nahmen; doch ich kann mich dessen nicht erinnern, und höchstwahrscheinlich war da, in jenem Augenblick, in uns kein anderes Bewußtsein als das unmittelbare, erinnerungslose unseres Tuns.

Einer der Gründe unseres Rückzugs waren vermutlich jene Flammen, die hochschlugen, und der rechte Grabenabsatz schien mir ganz in Feuer zu stehen.

Virgile starb von einem Bajonett durchbohrt, am Boden liegend. Er drehte sich mir zu, als ich vorbeikam, und sagte: »Mit Virgile ist es aus, und dennoch: Es lebe Frankreich!«

Was ist aus unseren Gefangenen geworden?

Als ich die Böschung erklommen hatte, sah ich überdeutlich

einen großen Deutschen, der auf mich anlegte: aber ich sprang von oben auf ihn. Später habe ich ihn wiedergesehen, er schien mir unförmig, wie ein Strohschober.
Einem anderen Deutschen hatte ein Geschoß die Beine abgerissen. Er war in einem Winkel geblieben, wie ein Neugeborenes in eine Decke gepackt, die sich von unten herauf mit roten Flecken zu durchsetzen begann.
Wir waren zu dem Angriff ohne Hoffnung noch Furcht aufgebrochen, und so als wären wir uns selber äußerlich. Ich habe niemand fallen sehen, glaube ich, außer Blanchet; dennoch gelang es ihm, sich bis zu dem deutschen Graben zu schleppen. Aber wir drängten schon so dicht vor, daß er wohl auf der Böschung hinter uns geblieben ist.

Zu meiner Rechten sehe ich Ferrer, auch er liegt in einem Bett. Er sieht, daß ich aufgewacht bin.
Aber ich will nicht mit ihm reden. Plötzlich kommt sie wieder über mich, demütig und beharrlich, wie ein Hund an einer Türe wartet, die Erinnerung an diese Soldaten, die sich aufrichteten und über einen Hügelkamm liefen, in jenem weißen Morgenlicht. Sie bedrückt mich nicht, doch bleibt mein Gedanke daran haften – und an jenem Zufall, an dem meine Gefühle sich abarbeiteten, daß ich unseren Angriff und unsere Rückkehr vorausgesehen hatte. Davon zumindest möchte ich, nachdem ich dem allen nun wieder entsunken bin, ein Bild behalten, daß mir doch ein Zeichen bleibt von dieser Art von Geheimnissen.

Bois Saint-Mard, 1914

Nachwort

Über vierzig Jahre hat Jean Paulhan, mit einer längeren Unterbrechung während des letzten Krieges und nachher, die *Nouvelle Revue Française* herausgegeben. 1920 wurde er der Sekretär Jacques Rivières, der die Zeitschrift seit 1919 leitete, und im Februar 1925, nach dessen Tod, sein Nachfolger. Zuletzt waren Marcel Arland und Dominique Aury Paulhans Mitarbeiter und nach seinem Tod im Oktober 1967 ihrerseits seine Nachfolger. Die genaue Geschichte dieser Herausgeberschaft ist noch zu schreiben.
Schon seine Zeitgenossen waren geneigt, über dieser Tätigkeit und den damit verbundenen Leistungen Paulhans Autorschaft zu vergessen oder zumindest doch zu unterschätzen. Daran änderte auch der Umstand nichts, daß er 1964 in die Académie française aufgenommen wurde und daß ab 1966 eine fünfbändige Ausgabe seiner Schriften erschien (die seit längerem vergriffen ist und bisher nicht wieder aufgelegt wurde). Jean Paulhan blieb mehr oder minder ein geheimer Autor.
Dementsprechend hat es sich bisher auch als vergebliche Mühe erwiesen, ihn in Deutschland einzubürgern und seinem Rang nach sichtbar zu machen; trotz mancher Übersetzungen, die seit 1946 in verschiedenen Zeitschriften und als Einzelveröffentlichungen in Buchform erschienen sind. Dabei fehlte es nicht an näheren Verbindungen und seinerseits an Interesse für die deutsche Literatur, das vor allem durch seinen Freund Bernard Groethuysen wachgehalten wurde.
Seine intensivste Berührung mit einem Deutschen dürfte der Umgang mit Gerhard Heller, dem Kulturbeauftragten der deutschen Besatzungsmacht in Paris, gewesen sein.

Paulhan lernte Heller im November 1941 kennen und schätzen; unter anderem gelang es ihm, diesem seinen Antisemitismus abzugewöhnen. Heller seinerseits bewahrte ihn im Juni 1944 vor einer zweiten Verhaftung durch den deutschen Staatssicherheitsdienst, nachdem die Gestapo ihn bereits im Mai 1941 verhaftet und eine Woche lang verhört hatte, weil man ihn (mit guten Gründen) der intensiven Beteiligung an geheimen Aktivitäten der Résistance verdächtigte. Gerhard Heller hat Paulhan in einem eigenen längeren Kapitel seines Buches *Un Allemand à Paris* (deutsche Ausgabe: *In einem besetzten Land*, Köln 1982) anhand von Zitaten aus Briefen und anderen Zeugnissen als seinen »Lehrmeister« geschildert: »Paulhan der Spieler, Paulhan der im Untergrund Wirkende, der Mann der Geheimnisse, der Verstecke, der Pseudonyme ... seine Menschlichkeit, seine Nächstenliebe ... Durch ihn bin ich ein anderer Mensch geworden.«

Jean Paulhan wurde 1884 in Nîmes geboren, als Sohn des Philosophen Frédéric Paulhan. Nach einer an der Sorbonne erworbenen licence ès lettres et philosophie, leistet er 1905/06 seinen Militärdienst in Melun ab; er wird zum Gefreiten und Unteroffizier befördert. Im Dezember 1907 geht er als Lehrer, Pflanzer und Goldsucher nach Madagaskar, wo er an dem Collège européen in der Hauptstadt Tananarive Latein, Philosophie und Moral unterrichtet. Er macht sein Abschlußexamen im Madegassischen, das er nach seiner Rückkehr ab 1911 in Paris an der École des langues orientales unterrichtet. 1913 erscheint seine erste Veröffentlichung, *Les Hain-Teny merinas, poésie populaires malgaches, recueillies et traduites par Jean Paulhan*, in der sich schon Ansätze seiner Untersuchungen zur Semantik und

Rhetorik abzeichnen. 1911 heiratet er; im August 1913 wird der erste von zwei Söhnen geboren. Der da nach der Kriegserklärung im August 1914 einrückte, war demnach keineswegs wie Jacques Maast, der Held und Erzähler dieses kleinen Buches, ein achtzehnjähriger Freiwilliger, sondern ein dreißigjähriger Gatte und junger Vater, der am Beginn einer ministeriellen Beamtenlaufbahn stand.

Jean Paulhan wurde am 1. August 1914 mobilisiert und nach einer kurzen Ausbildungszeit von Saint-Denis mit dem 9. Zuavenregiment zur Front in Marsch gesetzt, wo er am 22. September eintraf. Die Mannschaften der Zuavenregimenter bestanden ausschließlich aus Franzosen, die größtenteils in Algerien ausgehoben worden waren; sie erfreuten sich eines nicht ganz einwandfreien Rufes als wüste Gesellen und unerschrockene Draufgänger. Die Zuaven trugen, auch 1914 noch, türkische Uniform: rote Pumphosen, dunkelblaue Jacke mit roter Paspelierung, roter Fez mit blauer Hängequaste und grünem Turban. Die ihnen beigegebenen algerischen Tirailleure, deren Mannschaften Eingeborene waren, trugen eine hellblaue Uniform mit gelber Hängequaste und weißem Turban.

Nach seiner Verwundung am 25. Dezember 1914 und einem längeren Lazarettaufenthalt in Compiègne, Angers und Melun war Paulhan, als zum Frontdienst untauglich, zuerst Beobachter auf französischen Militärflugplätzen, dann Dolmetscher und Fahrlehrer in einem motorisierten madegassischen Bataillon. Anfang 1918 erkrankte er an einer schweren Lungenentzündung, die ihn zusammen mit Anfällen eines wiederauflebenden Sumpffiebers dem Tode nahe brachte.

Vier kleine mehr oder minder autobiographische Schriften Paulhans entstanden während des Ersten Weltkriegs. Das früheste dieser auf den ersten Blick vermutlich unansehnlichen Meisterwerke, *Progrès en amour assez lents*, blieb unveröffentlicht und wurde 1966 zum ersten Mal vollständig gedruckt, in dem ersten Band der *Œuvres complètes*, die der Verleger Claude Tschou für den Cercle du Livre Précieux veranstaltete. Der nächste récit, *Le Pont traversé*, berichtet abermals von Liebesschwierigkeiten und deren allmählicher Auflösung in einer Suite von kurzen Träumen (»Die überquerte Brücke«, in: *Französische Erzähler der Gegenwart*, eine Anthologie von Georges Schlocker, Stuttgart 1962). Es folgten *Le Guerrier appliqué* und *La Guérison sévère*.
Die erste Ausgabe des *Guerrier appliqué* erschien ohne Jahresangabe 1917 bei dem Verleger Sansot in Paris; zwei weitere, leicht überarbeitete Fassungen folgten 1930 und 1953. Zusammen mit anderen erzählenden Texten aus der Zeit des Ersten Weltkriegs wurde *Le Guerrier appliqué* 1962, 1966 und 1982 wieder aufgelegt. Eine erste Niederschrift dürfte schon bald nach der Verwundung erfolgt sein, die Paulhan am Weihnachtstag 1914 als Anführer eines Sturmangriffs bei Tracy-le-Val erlitt.

Es würde sich lohnen, Jean Paulhans *Guerrier appliqué* mit anderen frühen Kriegsbüchern zu vergleichen; mit Fritz von Unruhs *Opfergang* (geschrieben »im Felde, vor Verdun, Frühjahr 1916«; »bis zum Winter 1918 durch die Zensur verhindert«, so daß das Buch erst im Frühjahr 1919 gedruckt werden konnte); mit *Le Feu* (1917) von Henri Barbusse, mit *Les Croix de bois* (1919) von Roland Dorgelès; mit Roger Martin du Gards Briefen aus dem Felde, die in dem zweiten Band seiner *Correspondance générale* (1980) und dem ersten Band seines *Journal* (1992) zugänglich sind. Auch die Briefe junger Frontsoldaten, die Maurice Barrès in seinem Buch *Les Diverses Familles spirituelles de la France* (1917) zitiert, könnten uns behilflich sein, über Paulhans Nüchternheit und Lakonismus in seinen Schilderungen ein wenig zu erstaunen. Kein *sursum corda*, mit dem der Genius Frankreichs, nach Barrès, sich im Kriege von seinem trägen Schlaf auf einem »Pfühl von Vipern« erhebt. Kein Echo des »zärtlichen Schreis« aus den Kehlen junger Angreifer: »*En avant! A la Baïonette pour les Françaises nos sœurs!*«

»Ich habe weder den Krieg noch die Armee erfunden. *J'y étais jeté. J'y étais. J'ai tâché de comprendre ce qui se passait. Enfin, je m'y suis appliqué.*«
Was Jean Paulhan *application* nennt und hier vorführt, wurde ihm zu einer lebenslangen Übung auf vielen Gebieten. Es ist nicht eigentlich Fleiß, Eifer, Beflissenheit; es hat nichts Angestrengtes, Eiliges, auf Erfolg Bedachtes; es ist eher eine lässige Achtsamkeit, die ganz in ihrem Tun aufgeht, ein offenes Verhalten, das die Dinge an sich heranläßt (und sie zugleich auf Distanz hält), ohne ihnen eine vorgefaßte Meinung überzustülpen; eine Bereitwilligkeit, sich von den geringsten Vorkommnissen überraschen, sich von ihnen berichtigen zu lassen; sich nicht zu wundern, daß es unauflösbare Geheimnisse gibt; die alle zusammen vielleicht nur ein einziges Geheimnis sind, durch das (unter der Voraussetzung, daß es geheim bleibt) alles übrige – Gewissen, Ehre, Vaterland – erst Sinn gewinnt; sein Gewicht, seinen Glanz, und so seinen Lohn in sich selber findet.
Das hat freilich Folgen. Muß man, wie Paulhan meint, *penser les choses à partir de l'absurde*, so geben eben die Widersinnigkeiten, denen wir auszuweichen suchen, die ein für

allemal abgeschafft gehörten, sich als das zu erkennen, von dem aus das Wirkliche – unsere gegenwärtige Welt – sich angemessen denken läßt; von dem aus sie zu denken wir uns nicht länger sträuben sollten, wenn wir mit diesem Wirklichen – Feindschaften, Kriege, Unmenschlichkeiten – zurechtkommen wollen, statt die Augen davor zu verschließen oder ratlos zuzuschauen (ratlos, lüstern und zuletzt gelangweilt, Abend für Abend en famille).

Der Krieg, Krankheiten, Schmerzen, auf die man nicht vorbereitet war, Widerwärtigkeiten, die einem selber zustoßen, haben, wenn man ihnen nur genügend Aufmerksamkeit schenkt, das Gute, daß sie die Langeweile vertreiben, daß sie uns aufscheuchen aus unserem Traum der alltäglichen Behaglichkeit, der Routine; daß sie, alles in allem, die Welt wirklicher machen. »Alles wird ernst, alles wird wahrhaft. Nicht gerade heiter, gewiß nicht, aber heilsam. Gefährlich, ja, doch kräftigend. Es ist immer kräftigend, wenn man seinen falschen, seinen oberflächlichen Vorstellungen entkommt. Es ist heilsam, wenn man es mit wahren Dingen zu tun hat statt mit Gespenstern.«

Darum ist der Krieg eine Einweihung. Und so die Liebe. Davon ja handeln die »langsamen Fortschritte in der Liebe«, zu denen drei junge Frauen dem schüchternen und übereifrigen Jacques Maast verhelfen. So auch die Krankheit, von welcher mühseligen Erfahrung uns der ungetreue Ehemann der *Guérison sévère* berichtet.

Wie Jacques Maast ein *guerrier appliqué* war, so ist der Kranke, der hier erzählt, ein *malade appliqué*; einer, der sich, auf Umwegen, entschließt, seine Krankheit und gewisse selbstverschuldete Schwierigkeiten, die gemeinsam eine Reihe von Halluzinationen und Träumen in ihm auslösen, nicht nur hinzunehmen und auszuhalten, sondern sich ihnen mit einer gewissen Beharrlichkeit zu widmen, sich von ihnen gleichsam in die Schule nehmen zu lassen: aus der früh gewonnenen Überzeugung heraus, daß solche Widerfahrnisse, selbst die uns beschädigenden – Unfälle, Grausamkeiten, Torturen –, wenn wir nur achtsam genug sind, uns zu Erfahrungen verhelfen, die uns auf keinem anderen Wege zuteil werden könnten.

»Claude de Saint-Martin bemerkt einmal, daß es dem Menschen nie gelingen würde, eine genaue und tiefere Ansicht von der Welt zu gewinnen, wenn er nicht die Krankheiten, die Träume und verschiedene andere Zustände des Rausches und des Wahnsinns zu seiner Verfügung hätte. Man müßte hinzufügen: gewisse Einrichtungen und Unternehmungen allgemeinerer Art, wie die Sklaverei oder der Krieg. Aus *Le Guerrier appliqué* erfährt man, daß das Leben in den Schützengräben, der Tode eines Freundes, ein unzulänglich vorbereiteter Angriff danach angetan sind, einen jungen Soldaten das zu lehren, was die Liebe, die Ehe, die Arbeit und die übrigen Zerstreuungen des Lebens ihn auf eine lässigere Weise gelehrt hätten.«

Inhalt

Ich wirke größer ...
5
Das Schafsfell
11
Die verworrene Nacht
21
Zwischen diesem hingelegten Gewehr,
dieser weißen Böschung ...
31
Wie Glintz starb
41
Polios Stärke
51
Der Unterstand bricht zusammen
63
Die Verwundeten kommen zurück
73
Gesänge im Nachbargraben
83
Der doppelte Angriff
93

Nachwort
101

Bibliothek Suhrkamp

Verzeichnis der letzten Nummern

1130 Gesualdo Bufalino, Die Lügen der Nacht
1131 Richard Ellmann, Vier Dubliner - Wilde, Yeats, Joyce und Beckett
1132 Gerard Reve, Der vierte Mann
1133 Mercè Rodoreda, Auf der Plaça del Diamant
1134 Francis Ponge, Die Seife
1135 Hans-Georg Gadamer, Über die Verborgenheit der Gesundheit
1136 Wolfgang Hildesheimer, Mozart
1138 Max Frisch, Stich-Worte
1139 Bohumil Hrabal, Ich habe den englischen König bedient
1141 Cees Nooteboom, Die folgende Geschichte
1142 Hermann Hesse, Musik
1143 Paul Celan, Lichtzwang
1144 Isabel Allende, Geschenk für eine Braut
1145 Thomas Bernhard, Frost
1146 Katherine Mansfield, Glück
1148 Gershom Scholem, Alchemie und Kabbala
1149 Max Dauthendey, Die acht Gesichter am Biwasee
1150 Julio Cortázar, Alle lieben Glenda
1151 Isaak Babel, Die Reiterarmee
1152 Hermann Broch, Barbara
1154 Juan Benet, Der Turmbau zu Babel
1155 Bertolt Brecht, Die Dreigroschenoper
1156 Józef Wittlin, Mein Lemberg
1157 Bohumil Hrabal, Reise nach Sondervorschrift
1158 Tankred Dorst, Fernando Krapp hat mir diesen Brief geschrieben
1159 Mori Ōgai, Die Tänzerin
1160 Hans Jonas, Gedanken über Gott
1161 Bertolt Brecht, Gedichte über die Liebe
1162 Clarice Lispector, Aqua viva
1163 Samuel Beckett, Der Ausgestoßene
1164 Friedrike Mayröcker, Das Licht in der Landschaft
1165 Yasunari Kawabata, Die schlafenden Schönen
1166 Marcel Proust, Tage des Lesens
1167 Peter Weiss, Die Verfolgung und Ermordung Jean Paul Marats
1169 Alain Robbe-Grillet, Die blaue Villa in Hongkong
1170 Dolf Sternberger, ›Ich wünschte ein Bürger zu sein‹
1171 Herman Bang, Die vier Teufel
1172 Paul Valéry, Windstriche
1173 Peter Handke, Die Stunde da wir nichts voneinander wußten
1175 Juan Carlos Onetti, Abschiede
1176 Elisabeth Langgässer, Das Labyrinth
1177 E. M. Cioran, Syllogismen der Bitterkeit
1178 Kenzaburo Oe, Der Fang
1180 Zbigniew Herbert, Der Tulpen bitterer Duft
1193 John Cage, Silence

Bibliothek Suhrkamp

Alphabetisches Verzeichnis

Achmatowa: Gedichte 983
Adorno: Minima Moralia 236
– Noten zur Literatur I 47
– Noten zur Literatur II 71
– Über Walter Benjamin 260
Agnon: Der Verstoßene 990
Aiken: Fremder Mond 1014
Aitmatow: Der weiße Dampfer 969
– Dshamilja 315
Ajgi: Beginn der Lichtung 1103
Alain: Das Glück ist hochherzig 949
– Die Kunst sich und andere zu erkennen 1067
– Die Pflicht glücklich zu sein 470
Alain-Fournier: Der große Meaulnes 142
– Jugendbildnis 23
Alberti: Zu Lande zu Wasser 60
Allende: Eine Rache und andere Geschichten 1099
– Geschenk für eine Braut 1144
Amado: Die Abenteuer des Kapitäns Vasco Moscoso 850
Anderson: Winesburg, Ohio 44
Anderson/Stein: Briefwechsel 874
Andrejew: Die sieben Gehenkten 1038
Apollinaire: Die sitzende Frau 1115
Aragon: Libertinage 1072
Artmann: Fleiß und Industrie 691
– Gedichte über die Liebe 473
Asturias: Legenden aus Guatemala 358
Babel: Die Reiterarmee 1151
Bachmann: Der Fall Franza 794
– Malina 534
Bang: Die vier Teufel 1171
Ball: Flametti 442
– Zur Kritik der deutschen Intelligenz 690
Barnes: Antiphon 241
– Nachtgewächs 293
Barthes: Am Nullpunkt der Literatur 762
– Die Lust am Text 378
Becker, Jürgen: Beispielsweise am Wannsee 1112
Becker, Jurek: Der Boxer 1045
– Jakob der Lügner 510
Beckett: Der Ausgestoßene 1163
– Der Verwaiser 1027
– Erste Liebe 277
– Erzählungen und Texte um Nichts 82
– Gesellschaft 800
– Glückliche Tage 98
– Mehr Prügel als Flügel 1000
– Warten auf Godot 1040
Benet: Der Turmbau zu Babel 1154
– Ein Grabmal/Numa 1026
Benjamin: Berliner Chronik 251
– Berliner Kindheit 966
– Einbahnstraße 27
– Sonette 876
Bernhard: Alte Meister 1120
– Amras 489
– Beton 857
– Der Ignorant und der Wahnsinnige 317
– Der Schein trügt 818
– Der Stimmenimitator 770
– Der Theatermacher 870
– Der Untergeher 899
– Die Jagdgesellschaft 376
– Die Macht der Gewohnheit 415
– Einfach kompliziert 910
– Elisabeth II. 964
– Frost 1145
– Heldenplatz 997
– Holzfällen 927
– In der Höhe, Rettungsversuch, Unsinn 1058
– Ja 600
– Midland in Stilfs 272
– Ritter, Dene, Voss 888
– Verstörung 229
– Watten 955
– Wittgensteins Neffe 788
Bichsel: Eigentlich möchte Frau Blum den Milchmann kennenlernen 1125
Blanchot: Das Todesurteil 1043
– Warten Vergessen 139
– Thomas der Dunkle 954

Blixen: Ehrengard 917
– Moderne Ehe 886
Bloch: Erbschaft dieser Zeit 388
– Spuren. Erweiterte Ausgabe 54
– Thomas Münzer 77
Blok: Gedichte 1052
Blumenberg: Die Sorge geht über den Fluß 965
– Matthäuspassion 998
Borchers: Gedichte 509
Born: Gedichte 1042
Du Bouchet: Vakante Glut 1021
Bove: Bécon-les-Bruyères 872
– Meine Freunde 744
Brandys: Die Art zu leben 1036
Braun: Der Stoff zum Leben 1-3 1039
– Unvollendete Geschichte 648
Brecht: Die Dreigroschenoper 1155
– Dialoge aus dem Messingkauf 140
– Gedichte über die Liebe 1161
– Gedichte und Lieder 33
– Geschichten 81
– Hauspostille 4
– Me-ti, Buch der Wendungen 228
– Politische Schriften 242
– Schriften zum Theater 41
– Svendborger Gedichte 335
– Über Klassiker 287
Breton: L'Amour fou 435
– Nadja 406
Broch: Barbara 1152
– Demeter 199
– Die Erzählung der Magd Zerline 204
– Die Schuldlosen 1012
– Esch oder die Anarchie 157
– Hofmannsthal und seine Zeit 385
– Huguenau oder die Sachlichkeit 187
– Pasenow oder die Romantik 92
Bufalino: Das Pesthaus 1019
– Der Ingenieur von Babel 1107
– Die Lügen der Nacht 1130
Bunin: Mitjas Liebe 841
Butor: Die Wörter in der Malerei 1093
Cabral de Melo Neto: Erziehung durch den Stein 713
Cage: Silence 1193
Camus: Die Pest 771
Canetti: Der Überlebende 449
Capote: Die Grasharfe 62
Cardenal: Gedichte 705
Carossa: Ein Tag im Spätsommer 1947 649
– Gedichte 596
– Führung und Geleit 688
– Rumänisches Tagebuch 573
Carpentier: Barockkonzert 508
– Das Reich von dieser Welt 422
– Die Hetzjagd 1041
Carrington: Das Hörrohr 901
– Unten 737
Celan: Gedichte I 412
– Gedichte II 413
– Der Meridian 485
– Lichtzwang 1143
Ceronetti: Das Schweigen des Körpers 810
– Teegedanken 1126
Char: Lob einer Verdächtigen 1023
Cioran: Auf den Gipfeln 1008
– Das Buch der Täuschungen 1046
– Der zersplitterte Fluch 948
– Gevierteilt 799
– Syllogismen der Bitterkeit 1177
– Von Tränen und von Heiligen 979
– Widersprüchliche Konturen 898
Colomb: Zeit der Engel 1016
Conrad: Herz der Finsternis 1088
Consolo: Wunde im April 977
Cortázar: Alle lieben Glenda 1150
– Unzeiten 1129
– Der Verfolger 999
Crevel: Der schwierige Tod 987
– Seid ihr verrückt? 1083
D'Annunzio: Der Kamerad 1073
D'Arzo: Des Andern Haus 1105
Dagerman: Deutscher Herbst 924
Daumal: Der Analog 802
Dauthendey: Die acht Gesichter am Biwasee 1149
– Lingam 1079
Ding Ling: Tagebuch der Sophia 670
Doderer: Die erleuchteten Fenster 1003
Döblin: Berlin Alexanderplatz 451
Dorst: Fernando Krapp hat mir diesen Brief geschrieben 1158
– Klaras Mutter 1031
Drummond de Andrade: Gedichte 765

Dürrenmatt: Monstervortrag über Gerechtigkeit und Recht 803
Dumézil: Der schwarze Mönch in Varennes 1017
Duras: Der Liebhaber 967
– Der Nachmittag des Herrn Andesmas 109
– Im Sommer abends um halb elf 1087
– Liebe 935
Ehrenburg: Julio Jurenito 455
Ehrenstein: Briefe an Gott 642
Eich: Gedichte 368
– Maulwürfe 312
– Träume 16
Eliade: Auf der Mantuleasa-Straße 328
– Das Mädchen Maitreyi 429
– Fräulein Christine 665
– Nächte in Serampore 883
– Neunzehn Rosen 676
Elias: Mozart 1071
– Über die Einsamkeit der Sterbenden in unseren Tagen 772
Eliot: Gedichte 130
– Old Possums Katzenbuch 10
– Das wüste Land 425
Ellmann: Vier Dubliner – Wilde, Yeats, Joyce und Beckett 1131
Elsschot: Villa des Roses 1121
Elytis: Ausgewählte Gedichte 696
– Lieder der Liebe 745
– Neue Gedichte 843
Enzensberger: Mausoleum 602
– Der Menschenfreund 871
– Verteidigung der Wölfe 711
Farrochsad: Jene Tage 1128
Faulkner: Wilde Palmen 80
Federspiel: Die Ballade von der Typhoid Mary 942
– Museum des Hasses 1050
Fleißer: Abenteuer aus dem Englischen Garten 223
– Das Mädchen Yella 1109
Frame: Auf dem Maniototo 929
– Wenn Eulen schrein 991
Frisch: Andorra 101
– Biedermann und die Brandstifter 1075
– Bin 8
– Biografie: Ein Spiel 225
– Biografie: Ein Spiel, Neue Fassung 1984 873
– Blaubart 882
– Fragebogen 1095
– Homo faber 87
– Montauk 581
– Stich-Worte 1138
– Tagebuch 1966-1971 1015
– Traum des Apothekers von Locarno 604
– Triptychon 722
Gadamer: Das Erbe Europas 1004
– Lob der Theorie 828
– Über die Verborgenheit der Gesundheit 1135
– Vernunft im Zeitalter der Wissenschaft 487
– Wer bin Ich und wer bist Du? 352
Gadda: An einen brüderlichen Freund 1061
– La Meccanica 1096
García Lorca: Diwan des Tamarit 1047
– Gedichte 544
Gelléri: Budapest 237
Generation von 27: Gedichte 796
Gide: Chopin 958
– Die Rückkehr des verlorenen Sohnes 591
Ginzburg: Die Stimmen des Abends 782
Giono: Der Deserteur 1092
Goytisolo: Landschaften nach der Schlacht 1122
Gracq: Die engen Wasser 904
Graves: Das kühle Netz 1032
Handke: Die Angst des Tormanns beim Elfmeter 612
– Die Stunde da wir nichts voneinander wußten 1173
– Die Stunde der wahren Empfindung 773
– Die Wiederholung 1001
– Gedicht an die Dauer 930
– Wunschloses Unglück 834
Hašek: Die Partei 283
Hauptmann: Das Meerwunder 1025
Hemingway, Der alte Mann und das Meer 214

Herbert: Der Tulpen bitterer Duft 1180
– Ein Barbar in einem Garten 536
– Im Vaterland der Mythen 339
– Inschrift 384
Hermlin: Der Leutnant Yorck von Wartenburg 381
Hesse: Demian 95
– Eigensinn 353
– Glück 344
– Iris 369
– Josef Knechts Lebensläufe 541
– Klingsors letzter Sommer 608
– Knulp 75
– Krisis 747
– Legenden 472
– Magie des Buches 542
– Mein Glaube 300
– Morgenlandfahrt 1
– Musik 1142
– Narziß und Goldmund 65
– Siddhartha 227
– Sinclairs Notizbuch 839
– Steppenwolf 869
– Stufen 342
– Unterm Rad 981
– Wanderung 444
– /Mann: Briefwechsel 441
Hessel: Der Kramladen des Glücks 822
– Heimliches Berlin 758
Hildesheimer: Biosphärenklänge 533
– Exerzitien mit Papst Johannes 647
– Lieblose Legenden 84
– Mitteilungen an Max 1100
– Mozart 1136
– Paradies der falschen Vögel 1114
– Tynset 365
– Vergebliche Aufzeichnungen 516
Hofmannsthal: Buch der Freunde 626
– Welttheater 565
– Gedichte und kleine Dramen 174
Hohl: Bergfahrt 624
– Daß fast alles anders ist 849
– Nächtlicher Weg 292
Horváth: Glaube Liebe Hoffnung 361
– Italienische Nacht 410
– Jugend ohne Gott 947
– Kasimir und Karoline 316
– Geschichten aus dem Wiener Wald 247
Hrabal: Bambini di Praga 793
– Die Katze Autitschko 1097
– Leben ohne Smoking 1124
– Ich habe den englischen König bedient 1139
– Reise nach Sondervorschrift 1157
– Sanfte Barbaren 916
– Schneeglöckchenfeste 715
– Tanzstunden für Erwachsene und Fortgeschrittene 548
Hrabals Lesebuch 726
Huch: Der letzte Sommer 545
– Lebenslauf des heiligen Wonnebald Pück 806
Huchel: Gedichte 1018
– Die neunte Stunde 891
Ibargüengoitia: Augustblitze 1104
– Die toten Frauen 1059
Inoue: Das Tempeldach 709
– Das Jagdgewehr 137
Jabès: Es nimmt seinen Lauf 766
– Das Buch der Fragen 848
Johnson: Skizze eines Verunglückten 785
– Mutmassungen über Jakob 723
Jonas: Das Prinzip Verantwortung 1005
– Gedanken über Gott 1160
Joyce: Anna Livia Plurabelle 253
– Dubliner 418
– Kritische Schriften 313
– Porträt des Künstlers 350
– Stephen der Held 338
– Die Toten/The Dead 512
– Verbannte 217
Kästner, Erhart: Aufstand der Dinge 476
– Zeltbuch von Tumilat 382
Kästner, Erich: Gedichte 677
Kafka: Der Heizer 464
– Die Verwandlung 351
– Er 97
Kasack: Die Stadt hinter dem Strom 296
Kaschnitz: Beschreibung eines Dorfes 645
– Elissa 852

– Gedichte 436
– Liebe beginnt 824
Kassner: Zahl und Gesicht 564
Kavafis: Um zu bleiben 1020
Kawabata: Die schlafenden Schönen 1165
Kim: Der Lotos 922
Kipling: Das Dschungelbuch 854
Kiš: Ein Grabmal für Boris Dawidowitsch 928
Koch: Altes Kloster 1106
Koeppen: Das Treibhaus 659
– Der Tod in Rom 914
– Eine unglückliche Liebe 1085
– Jugend 500
– Tauben im Gras 393
Kolmar: Gedichte 815
Kracauer: Über die Freundschaft 302
Kraus: Die letzten Tage der Menschheit 1091
– Nachts 1118
– Pro domo et mundo 1062
– Sprüche und Widersprüche 141
– Über die Sprache 571
Krolow: Alltägliche Gedichte 219
– Fremde Körper 52
– Gedichte 672
– Meine Gedichte 1037
Krüger: Das zerbrochene Haus 1066
Kyrklund: Vom Guten 1076
Lagercrantz: Die Kunst des Lesens 980
Langgässer, Das Labyrinth 1176
Lasker-Schüler: Mein Herz 520
– Arthur Aronymus 1002
Lavant: Gedichte 970
Lawrence: Auferstehungsgeschichte 589
– Der Mann, der Inseln liebte 1044
Leiris: Lichte Nächte 716
– Mannesalter 427
Lem: Robotermärchen 366
Lenz: Dame und Scharfrichter 499
Lispector: Aqua viva 1162
– Der Apfel im Dunkel 826
– Die Nachahmung der Rose 781
– Die Sternstunde 884
– Nahe dem wilden Herzen 847
Lu Xun: Die wahre Geschichte des Ah Q 777
Maass: Die unwiederbringliche Zeit 866
Machado de Assis: Dom Casmurro 699
Majakowskij: Ich 354
Malerba: Geschichten vom Ufer des Tibers 683
– Tagebuch eines Träumers 840
Mandelstam: Die Reise nach Armenien 801
– Die ägyptische Briefmarke 94
Mann, Thomas: Schriften zur Politik 243
– /Hesse: Briefwechsel 441
Mansfield: Glück 1146
– Meistererzählungen 811
Marcuse: Triebstruktur und Gesellschaft 158
Mayer: Ansichten von Deutschland 984
– Ein Denkmal für Johannes Brahms 812
– Frisch und Dürrenmatt 1098
– Versuche über Schiller 945
Mayröcker: Das Herzzerreißende der Dinge 1048
– Das Licht in der Landschaft 1164
Mendoza: Das Geheimnis der verhexten Krypta 1113
Michaux: Ein gewisser Plume 902
Miller: Das Lächeln am Fuße der Leiter 198
Milosz: Gedichte 1090
Mishima: Nach dem Bankett 488
Mitscherlich: Idee des Friedens 233
Modiano: Eine Jugend 995
Montherlant: Die Junggesellen 805
– Moustique 1060
Morselli: Dissipatio humani generis 1117
Muschg: Leib und Leben 880
– Liebesgeschichten 727
– Noch ein Wunsch 1127
Musil: Vereinigungen 1034
Nabokov: Lushins Verteidigung 627
Neruda: Gedichte 99
– Die Raserei und die Qual 908
Nimier: Die Giraffe 1102
Nizan: Das Leben des Antoine B. 402

Nizon: Canto 1116
– Das Jahr der Liebe 845
– Stolz 617
Nooteboom: Die folgende Geschichte 1141
– Ein Lied von Schein und Sein 1024
Nossack: Das Testament des Lucius Eurinus 739
– Der Neugierige 663
– Der Untergang 523
– Spätestens im November 331
– Unmögliche Beweisaufnahme 49
O'Brien: Aus Dalkeys Archiven 623
– Der dritte Polizist 446
Ocampo: Die Furie 1051
Oe: Der Fang 1178
– Der Tag, an dem Er selbst mir die Tränen abgewischt 396
Ōgaī Mori: Die Wildgans 862
– Die Tänzerin 1159
Olescha: Neid 127
Ollier: Bildstörung 1069
Onetti: Abschiede 1175
– Der Tod und das Mädchen 1119
– Die Werft 457
– Grab einer Namenlosen 976
– Leichensammler 938
– Der Schacht 1007
Palinurus: Das Grab ohne Frieden 11
Pasternak: Die Geschichte einer Kontra-Oktave 456
– Initialen der Leidenschaft 299
Paustowskij: Erzählungen vom Leben 563
Pavese: Junger Mond 111
Paz: Adler oder Sonne? 1082
– Das Labyrinth der Einsamkeit 404
– Der sprachgelehrte Affe 530
– Gedichte 551
Pedretti: Valerie oder Das unerzogene Auge 989
Penzoldt: Der arme Chatterton 1064
– Der dankbare Patient 25
– Prosa einer Liebenden 78
– Squirrel 46
Percy: Der Kinogeher 903
Perec: W oder die Kindheitserinnerung 780
Pérez Galdós: Miau 814
– Tristana 1013
Pilnjak, Das nackte Jahr 746
Piñera: Kleine Manöver 1035
Pinget: Passacaglia 1084
Plath: Ariel 380
– Glasglocke 208
Plenzdorf: Die neuen Leiden des jungen W. 1028
Ponge: Das Notizbuch vom Kiefernwald / La Mounine 774
– Die Seife 1134
– Texte zur Kunst 1030
Pound: ABC des Lesens 40
– Wort und Weise 279
Prevelakis: Chronik einer Stadt 748
Proust: Eine Liebe von Swann 1185
– Tage des Lesens 1166
Puig: Der Kuß der Spinnenfrau 1108
Queiroz: Das Jahr 15 595
Queiroz Eça de: Der Mandarin 956
Queneau: Ein strenger Winter 1110
– Mein Freund Pierrot 895
– Stilübungen 1053
– Zazie in der Metro 431
Radiguet: Der Ball 13
– Den Teufel im Leib 147
Ramos: Angst 570
Remisow: Gang auf Simsen 1080
Reve: Der vierte Mann 1132
Rilke: Ausgewählte Gedichte 184
– Briefe an einen jungen Dichter 1022
– Bücher Theater Kunst 1068
– Das Florenzer Tagebuch 791
– Das Testament 414
– Die Sonette an Orpheus 634
– Duineser Elegien 468
– Malte Laurids Brigge 343
Ritsos: Gedichte 1077
Ritter: Subjektivität 379
Robbe-Grillet: Der Augenzeuge 931
– Die blaue Villa in Hongkong 1169
– Die Radiergummis 1033
Roditi: Dialoge über Kunst 357
Rodoreda: Aloma 1056
– Auf der Plaça del Diamant 1133
– Der Fluß und das Boot 919
Rose aus Asche 734
Rosenzweig: Der Stern der Erlösung 973

Roth: Beichte 79
Roussel: Locus Solus 559
Sachs: Gedichte 549
Salinas: Gedichte 1049
Scholem: Alchemie und Kabbala 1148
– Judaica 1 106
– Judaica 2 263
– Judaica 3 333
– Judaica 4 831
– Judaica 5 1111
– Von Berlin nach Jerusalem 555
– Walter Benjamin 467
Scholem-Alejchem: Eine Hochzeit ohne Musikanten 988
– Schir-ha-Schirim 892
– Tewje, der Milchmann 210
Schröder: Der Wanderer 3
Seelig: Wanderungen mit Robert Walser 554
Seferis: Alles voller Götter 1065
– Poesie 962
Seghers: Aufstand der Fischer 20
Sender: Der König und die Königin 305
– Requiem für einen spanischen Landmann 133
Shaw: Die Abenteuer des schwarzen Mädchens 1029
– Die heilige Johanna 295
– Frau Warrens Beruf 918
– Handbuch des Revolutionärs 309
– Helden 42
– Mensch und Übermensch 129
– Wagner-Brevier 337
Simon, Claude: Das Seil 134
Šklovskij: Zoo oder Briefe nicht über die Liebe 693
Sokolow: Die Schule der Dummen 1123
Solschenizyn: Matrjonas Hof 324
Stein: Erzählen 278
– Ida 695
– Jedermanns Autobiographie 907
– Kriege die ich gesehen habe 595
– Paris Frankreich 452
– Q.E.D. 1055
– /Anderson: Briefwechsel 874
Steinbeck: Die Perle 825
Steiner: Schnee bis in die Niederungen 1070
Sternberger: ›Ich wünschte ein Bürger zu sein‹ 1170
– Figuren der Fabel 1054
Strindberg: Der romantische Küster auf Rånö 943
– Fräulein Julie 513
– Schwarze Fahnen 896
Suhrkamp: Briefe an die Autoren 100
– Der Leser 55
– Munderloh 37
Szymborska: Deshalb leben wir 697
Thoor: Gedichte 424
Trakl: Gedichte 420
Ullmann: Erzählungen 651
Ungaretti: Gedichte 70
Valéry: Eupalinos 370
– Gedichte 992
– Herr Teste 162
– Über Mallarmé 1101
– Windstriche 1172
– Zur Theorie der Dichtkunst 474
Vallejo: Gedichte 110
Vargas Llosa: Lob d. Stiefmutter 1086
Verga: Die Malavoglia 761
Walser, M.: Ehen in Philippsburg 527
– Ein fliehendes Pferd 819
– Gesammelte Geschichten 900
– Meßmers Gedanken 946
Walser, R.: Der Gehülfe 490
– Der Spaziergang 593
– Geschwister Tanner 450
– Jakob von Gunten 515
– Poetenleben 986
Weiss, Peter: Abschied v. d. Eltern 700
– Der Schatten des Körpers 585
– Die Verfolgung und Ermordung Jean Paul Marats 1167
– Fluchtpunkt 797
Weöres: Der von Ungern 1063
Wilde: Bildnis des Dorian Gray 314
Williams: Die Worte, die Worte 76
Wittgenstein: Über Gewißheit 250
– Vermischte Bemerkungen 535
Wittlin, Mein Lemberg 1156
Woolf: Die Wellen 128
Yacine: Nedschma 116
Zwetajewa: Auf eigenen Wegen 953
– Ein gefangener Geist 1009
– Mutter und die Musik 941
– Phoenix 1057